해변의 모래알 같이

정선엽 초단편소설집

° 정선엽 작가 고유의 문체를 지키기 위한 비문이 포함되어 있습니다.

° 정선엽 작가의 요청으로 문단의 들여쓰기는 생략되었습니다.

° 정선엽 작가의 의도를 위해 대화문으로 이루어진 작품은 따옴표를 생략하였으며,
독자들의 독서를 돕기 위해 그 외 작품은 따옴표를 사용했습니다.

쉬는 날엔 지하철을 탄다. 소설 쓰기와 병행하고 있는 다른 일을 안 해도 되는 날이다. 행선지를 미리 정하고 나온 적도 물론 있긴 하지만, 플랫폼에 서 있는 동안뿐만 아니라 타고서 이동할 때조차 어디로 가는 게 좋을지 정하지 못하고 있는 경우가 적지 않다. 그러다보면 결국 자주 들르던 곳들 중 한 곳에 가게 되는데, 사실 신중하게 고민해서 내린 결론과 별반 다르지 않을 때가 많다. 고를 수 있는 선택지가 그리 다양한 편은 못 되기 때문이다. 아, 오늘은 거길 한번 가봤어야 했는데 늘 오던 곳에 또 와버렸네, 하며 설령 아쉬움 같은 게 남는다 하더라도 따뜻하게 덥힌 우유가 들어간 커피와 스콘 혹은 조각케이크를 주문하고 테이블에 키보드 감촉이 쫀득한 12인치 구형 랩톱을 펼쳐놓은 뒤에 여유 만만한 속도로 부팅되는 걸 가만히 지켜보고 있으면 역시 오길 잘했어, 하는 생각을 하게 된다. 그러고선 곧 여기가 어디지, 하는 걸 잊어버린 채 자판을 두드린다. 나라고 하는 하나의 존재는 새로운 세계를 뛰어다니며 모험을 즐기기보다는 내 자신이 얼마간 머무르는 낯익은 작은 공간에 웬만해선 잘 지워지지 않는 흔적을 남기고 싶어 하는 타입 같다. 내 소설 속 사람들에게도 좀 그런 면이 보인다.

2023년 6월

정선엽

table of contents

안경을 벗고 길을 걸을 때

앞 동 아파트에 불이 안 켜진 곳보다 켜진 곳이 더 많게 느껴졌을 때 즈음 티브이를 끄고 방으로 들어가서 음악을 틀어놓고 집에서 입는 옷으로 갈아입었다.

안경을 벗어서 적당한 곳에 놓아둔 다음 침대에 눕거나 엎드린 채로 베란다 너머로 불이 들어온 아파트를 바라보면 꼭 밤하늘에 떠있는 별들을 보는 것 같다. 시력이 너무 나빠 좋은 점은 무심코 걸어가다 길가에서 툭 튀어나온 가느다란 나뭇가지에 웬만해선 눈을 찔리지 않을 수 있다는 것과 시간만 잘 맞추면 언제라도 마치 별을 보는 것 같은 풍경과 마주칠 수 있다는 점이다. 그게 집집마다 켠 전등이든 길거리의 노란 가로등이든 상점가에 떠 있는 네온사인이 달린 간판이든 아무런 상관이 없다. 라이트를 켠 자가용과 버스가 꽉 찬 퇴근 시간대에 사거리에서 신호가 떨어지길 기다리는 얼마 되지 않는 순간이 꽤나 멋진 공간으로 변할 수도 있는데, 그렇게 되면 사방이 저마다의 빛들로 가득해지는 것이다.

완전히 똑같지는 않지만 대강 이런 비슷한 얘길 종종 식사모임을 가지거나 볼링이나 골프를 치러 가곤하는, 같은 대학을 나온 회사 동료들과 함께 있는 자리에서 꺼낸 적이 있었다. 아마 한 달, 혹은 두 달쯤 전이었던 것 같다. 사실 하나 마나 한 얘기에 지나지 않는 것이었고, 그래서 다들 별다른 흥미를 보이지 않는 것처럼 느껴지는 걸 내 스스로 당연하게 받아들일 수 있었지만, 그래도 평소에 안경을 착용하는 사람들은 대체로 내 말에 고개를 끄덕여 주는 분위기였다. 그런데 며칠 전에 출근길 엘리베이터 안에서 차윤 씨가 숨죽인 목소리로 내게 "그거 한번 해봤어요."라고 말하는 것이었다. 내가 얼른 못 알아듣는 것 같으니까 차윤 씨는 다시금 "그때 맥줏집에서 이야기해주셨던 거 있잖아요. 안경 벗고 밤에 아파트 보기."라고 구체적으로 말을 해줘서 나를 이해시켰다. 그날은 사무실에서 꽤나 빡빡한 업무를 처리하면서도 사이사이에 차윤 씨가 머릿속에 떠올랐다. 처음엔 영문을 알 수 없었고, 단순히 출근 시간에 엘리베이터 안에서 우연히 마주쳤기 때문일 것이라고 여기고 말았는데, 몇 번 반복이 되고 나서는 어째서 이런 것이지 하고 책상에 앉아 팔짱을 끼고 곰곰이 생각해봤다.

따지고 보면 얼마 되지 않는 잠깐일 테지만 한정된 공간에서 다른 사람들은 모르는 우리 두 사람끼리만 아는 대화를 나눴던 것, 오른쪽 눈매의 속눈꺼풀 선이 가늘고 진하지 않다는 것, 소리를 되도록 줄인 상태에서도 발음이 분명하며 침착하게 이어가는 말투를 가졌다는 것, 내가 재수를 위해 입시학원에 다니던 시절부터 알고 있는 특정 향수 냄새를 그녀가 사용하고 있다는 것, 말하자면 이런 내용들이 기억났다. 향수 냄새는, 내가 좋아했던 여자애가 늘 사용했던 것이었기 때문에 정확히 기억한다. 이젠 시간이 너무 많이 지나긴 했지만 아직도 그 냄새가 아주 조금이라도 공기 중에 남아있으면 나는 바로 알아챌 수 있다. 걸음을 멈춰 세우고서 향수 냄새가 나는 그쪽을 유심히 쳐다보곤 한다. 그동안 그 냄새를 가진 사람들을 여럿 봤고, 그때마다 난 그것만으로 그 사람이 누구든 간에 일단 호감을 느끼곤 했었다. 기억이 거기까지 연결됐을 때, 난 왜 그렇게도 오늘 하루 동안 차윤 씨가 머릿속에 떠올랐던 것인지 나름대로 정리 할 수 있었다. 완벽하게는 아니더라도 작게나마 결론 같은 걸 얻은 것이라고 믿었다. 그렇다면 그걸로 된 것이었다. 그러나 다음날 출근길에서도 나는 엘리베이터에 혹시라도 그녀가 타고 있지는 않은지 연신 두리번거리고 있는 내 자신을 발견했다.

그날 저녁에 회사 인근에서 저녁을 먹을 겸 모임이

있었고, 나는 그 자리에 나갔지만 그녀는 참석하지 않아서 얼굴을 볼 수 없었다. 그녀와 같은 부서 동료에게 가볍게 슬쩍 지나가는 것처럼 그녀가 불참한 사유를 혹시 아는지 물어봤는데, 그 사람도 그것을 모르기는 마찬가지였다. 대신 보통 점심은 사내식당에서 사먹는다며 정 궁금하면 만나서 직접 한번 물어보라고 말하는 것이었다. 차윤 씨를 본 건 바로 어제였는데, 사내식당은 아니었고 퇴근길에서 우연하게였다. 우리 두 사람은 차가 다니는 길 옆쪽으로 고층빌딩과 인접한 비교적 좁은 보도에서 마주쳤던 것이다. 난 아는 체를 하려고 그 앞에 잠시 멈췄지만, 그녀는 걸어오던 그대로 나를 지나치더니 금세 멀어졌다.

점심시간에 사내식당에서 각자가 들고 온 식판을 앞에 놓고 차윤 씨와 마주보고 앉아 어제 퇴근길에 있었던 작은 에피소드 같은 일을 얘기해줬더니, 그녀는 "아무것도 안 보였거든요. 길만 겨우 보였어요. 그마저도 실은 흐릿할 때가 있었는데, 나머진 감으로 그냥 걸었어요. 술 취한 사람처럼 걷진 않던가요?" 하며 웃었다.

"마이너스인가 보군요."

그녀는 고개를 끄덕여 보인 후에 내 얼굴을 유심히 보며 "오랜만에 강적을 만난 것 같은데요."라고 말했다.

"왼쪽은 마이너스 7, 오른쪽은 마이너스 7.5 정도 됐었던 것 같아요." 하고 내가 말했다.

"양쪽 다 마이너스 9 디옵터."

"졌네요."

"웬만한 돌돌이 안경잽이들은 다 이길 걸요. 아는 어떤 애는, 만약 내가 너 정도였다면 군대 가지 않아도 됐을 텐데 라고 하면서 한숨을 터트린 적도 있어요."

"충혈이 안 되네요. 전혀 하나도."

난 안경을 착용하지 않은 그녀의 눈을 잠시 들여다본 다음에 밥을 한 순갈 떠서 입속에 넣었다.

"아주 비싼 걸 끼거든요. 절대로 토끼눈이 되지 않게. 쓸데없이 귀여운 얼굴이 되는 건 사절이에요."

"그래도 너무 오래 끼고 있으면 빨개지던데."

"쇼케이스를 탁 하고 손바닥으로 내려치면서, 영화 배우들이 밤샘 촬영할 때 끼는 걸로 주세요, 라고 말하면 돼요."

"방금처럼 단호한 어조로요?"

"숨겨놓은 물건 있는 거 다 알고 찾아왔으니까 좋은 말로 할 때 순순히 내놓으시지, 하는 정도면 충분히 통할 거예요."

어젠 모처럼 안경을 쓰고 회사에 왔기도 해서, 퇴근 길에 어떨까 하고서 그냥 한번 벗어본 것이었다고 차윤 씨가 말했다.

"어땠나요?" 하고 내가 물었다.

"한번 해보세요. 추천해요."

우린 콘택트렌즈의 산소 투과율에 관해서 얘기를 나 눴고, 마이너스 몇부터 현역병으로 입대를 하지 않 게 되는지에 관해, 시력 교정 수술의 다양성에 관해, 그리고 그것들 중 어느 것이라도 아직까지 하지 않 은 이유에 관해서 대화를 했다. 그렇다고 해서 함께 식사를 하는 내내 온통 시력과 렌즈와 관련한 얘기 만 했던 것은 아니었다.

같은 대학교를 다녔고, 학번은 내가 2년 빨랐지만 복학하고 나서는 그녀와 같은 학년으로 동일한 전공 수업들을 들었다. 모르긴 몰라도 학점이 매겨진 서로의 성적표를 나란히 놓고서 면밀히 살펴보면 개설된 교양수업 중에서도 겹치는 게 여럿 있을지도 모를 일이다. 직접적으로 단둘이 대화를 나눴던 적은 없었던 것 같다. 복도나 식당 같은 곳에서 만나면 어쨌거나 같은 과 사람이라는 걸 알고 있으니 가볍게 고개를 움직여 보이거나 한쪽 손을 들어 보이는 정도였을 것이다. 그렇지만 실제로 그렇게 했었는지는 잘 기억나지 않는다.

우리 두 사람이 공통적으로 가진 기억들은 어느 정도 어색함이 사라지고 난 뒤부터는 일부러 의도하지 않아도 자연스럽게 각자의 내밀하고 깊은 장소에서부터 하나둘씩 끌어올려졌다. 시력과 렌즈가 있는 울퉁불퉁한 땅을 가진 표층적인 세계에서 얼마간 수직을 유지한 채 밑으로 내려가야 비로소 접할 수 있는, 비바람 같은 게 웬만해선 불지 않으며 흙먼지도 잘 쌓이지 않는 장소였다. 그곳은 고개를 들어서 바라보면 끝없이 이어질 것 같은 길로 들어서게 되는 초입에, 그러니까 본격적으로 들어가는 길목의 입구쯤에 위치하고 있었다.

시력과 렌즈 다음으로 우리가 나눴던 대화의 내용은 꽤 다양했지만 출처는 알고 보면 하나였다. 대부분 마치 추억이라고 이름을 붙인 투명한 쇼케이스에 넣어진 것처럼 보기 좋게 정리되고 가지런히 나열된 기억들이었을 것이다. 그것들은 컬러도 대체로 밝은 편이고 무게도 비교적 가벼운 것들인데, 이를테면 자판기커피는 어느 건물 몇 층에 있는 게 가장 입맛에 맞았었는지에 관해서, 수강신청 하는 날에 경영대 1층 라운지에 있는 컴퓨터 인터넷 속도가 갑자기 빨라진다는 소문이 떠돌았었는데 혹시 직접 사용해본 적이 있는지에 관해, 기숙사 지하에 있는 피트니스장과 맨날 웃통을 벗고 다녔던 스포츠머리에 무스를 바른 트레이너에 관해, 시험 기간에 주로 어느 단과대에 있는 열람실을 이용했는지에 관해서였다. 밥은, 점심시간이 완전히 끝날 무렵까지 틈틈이 먹었던 것 같다.

오후 여섯 시 정각에 엘리베이터를 타고 차윤 씨가 속한 부서 쪽으로 갔다. 그녀를 만나서는 혹시 저녁에 특별한 약속이 없으면 같이 퇴근하자고 말했다. 그러면서 난 "차윤 씨가 아까 밥 먹을 때 추천하셨던 그거 같이해보면 어떨까 해서요."라고 덧붙였다.

그 순간엔 그녀가 조금 망설이는 것 같기도 했지만, 이내 잠시만 기다리라고 하고선 화장실을 다녀왔고, 내게는 "이제 아무것도 눈에 뵈는 게 없어졌으니 아무쪼록 조심하는 게 좋을걸요. 특히 발을 밟히지 않도록 말예요."라고 했다. 나 역시 "준비됐습니다. 물론 누군가로부터 발등을 세게 밟혀도 소리 같은 건 지르지 않을 각오도 되었고요."라고 응수하며 안경을 벗어서 양쪽 다리를 접었다.

건물 정문을 나선 이후에, 아까 점심을 먹으며 비교적 간단하게 도달했던 과거로 향한 길의 초입 부분을 멀리뛰기라도 하듯이 단숨에 넘어서서 훨씬 더 안쪽으로 발을 들여놓았다. 그렇게 돼가고 있다는 것을 우선은 내 자신이 깨달았고, 그리고 이것은 느낌일 뿐이지만 차윤 씨 역시 나와 다르지 않은 상태라는 것을 알았다. 초입을 넘어선 그곳은 이제까지와는 다르게, 여간해선 입 밖으로 끌어올려지는 일이 좀처럼 없는 기억들이 단단하게 굳은 흙속에 묻혀있는 세계였다. 설령 겉으로 드러나 있다고 하더라도 깔끔하게 매듭지어져 고급스러운 쇼케이스 같은 것에 넣어져 차분하게 정리가 된 것도 아니었고 보기 좋게 하나씩 나열된 것도 아니었다. 어떤 것은 여러 개가 뭉쳐진데다가 그 끝이 어디쯤인지 도무지 알 수 없게끔 땅속에 일부가 파묻혀있는 경우도 있었다. 우린 각자의 과거 깊은 지점에 깃들어있는 자신의 기억들을 하나씩 끄집어내어 서로의 세계로 얼마쯤 전달했다.

자살을 할 거야 하늘 끝으로

방금 뭐라고 했어?

너무 좋다고.

그 말이 아니었어.

그렇다면, 끝내준다고 했었던 것 같기도 해.

아니야. 잠깐만 헤드폰 좀 벗어봐.

그냥 말해도 돼. 네 목소리 아주 잘 들려. 말소리를 묻히게 만들 만큼 거친 사운드가 아니니까. 브라이언 이노의 음악은. 대신 수다쟁이의 음성도 제법 분위기 있게 바꿔주지. 빌 에반스의 음악이 흐르는 공항 라운지에 실크 스타킹을 신고 한쪽 다리를 꼬고 앉아 컵라면을 먹는 것처럼.

항상 이런 식이야. 내가 묻는 말에는 대답해주지 않고 자기 하고 싶은 얘기만 잔뜩 늘어놓곤 했어. 도대체 내가 무슨 얘길 꺼냈었는지 결국에 가선 잊어버리게 될 만큼.

자, 던져버렸어. 태양과 구름이 비치는 투명한 바다 쪽으로. 이제 소원이 이루어진 것일 테지?

잘했어. 하지만 다 된 건 아냐. 실은 너도 알고 있겠지만.

그래도 들리긴 하네. 일부러 볼륨을 낮게 맞춰놓은 음질이 뛰어난 스피커처럼.

다행이야. 마음에 들어 하는 것 같아서.

벌써부터 걱정이 되기 시작했어. 언젠간 한쪽이 안

들리게 되는 순간이 오고 말 테니까.

생일 축하해.

미안해.

뭐가 말이니?

너의 생일은 내가 챙겨줄 수 없을 테니까.

들어보고 싶어. 헤어지려고 하는 진짜 이유에 관해서.

너를 좋아해.

그래서 알고 싶은 거라구.

알았어. 그럼 여길 눌러봐.

젖꼭지?

왼쪽부터 차례로 하나씩. 절대로 손을 사용해선 안 돼.

까다롭게 구는군. 확 깨물어버리는 수가 있어.

그런 다음에 다시 합체를 하는 거야. 이번엔 아까보다 좀더 정밀하고 견고하게. 어느 쪽이든, 아니면 양쪽 다 완전히 힘을 빼버려도 스르르 풀려버리듯이 분리되지 않도록.

잠깐만 있어봐. 우선 전화 좀 한 통 걸게. 내일부터 정상적으로 출근하는 건 좀 무리일 것 같다고 전달해놔야 할 테니까.

요즘은 재택근무도 많이 해.

그래도 한 달 동안이나 나타나지 않는다면 해고 통

보를 받게 되겠지.

간지러워. 뭔가 오돌토돌해.

넌 너무 예민해. 혓바닥에 있는, 있는지 없는지 모를 작은 돌기들의 오돌토돌한 촉감을 느낄 만큼.

자살을 할 거야 하늘 끝으로.

그래 그거였어.

입버릇 같은 거야. 자주, 그런 말이 입 밖으로 튀어 나오곤 해. 아주 작게.

그냥?

그냥.

난 처음 들었어.

물론 방금 건 아냐. 일부러 네게 들려주려고 한 거니까.

알아.

일부러 그런 식으로 말해야겠다고 마음먹는 건 아닌데, 저절로 그렇게 될 때가 많았어. 갑자기 불쑥.

신기해. 좀 이상하기도 하구.

나도 그래.

걱정되기도 해.

마음이 편해져. 그렇게 몇 번 되뇌고 나면. 믿기지 않을 만큼 진정되곤 했었어. 부웅, 하고 공중에 높이 떠올랐던 마음이 되도록 소리도 내지 않고 부드럽게 원래 자리로 가라앉는 것이지. 왜 그런 것일까, 한

번 곰곰이 생각해본 적이 있었어. 나도 몹시 궁금했
거든. 자살을 할 거야 하늘 끝으로. 내 귓가에 나직
하고 조곤한 음성의 그 말이 들리면 어떤 하늘이 눈
앞에 그려져. 한 개의 장면으로. 조금 전까지 보이던
것들이 희미해진 자리에 그 장면으로만 가득 채워
져. 누군가 당장에 태양이 빛나고 구름이 떠다니는
창공을 가리켜 보이며, 너가 말하는 그 어떤 하늘이
라는 게 어디 있니? 하고 물어도 대답해줄 수는 없
어. 별들이 반짝이고 하염없이 넋을 놓게 만드는 매
혹적인 밤하늘을 가리키며, 대체 어디를 말하는 거
야? 하고 묻는다 해도 소용없는 짓이야. 아주 맑은
날조차, 칼끝으로 새긴 것 같이 아주 선명한 밤하늘
조차, 아주 멋진 시간에서조차 그런 하늘은 찾아볼
수 없으니까.

합체하자.

좋아.

헤어지자는 말을 너가 했을 때, 이상하게 분하지 않
았어. 화를 내며 따져 묻고 싶지는 않았어. 하필 왜
지금? 이라는 생각이 들었지만. 그래서 이유가 몹시
궁금했지만. 근데 예상하고 있었던 거 같아. 언젠가
뚝, 하고 끊기고 말 것이라고. 안 왔으면 했는데 어
김없이 오고 말았어. 그 날이 돼버린 셈이겠지. 그날
은 온종일, 짜증나는 일 한 번 생기지 않아서 모처럼

기분 좋은 여행을 하고 있었는데, 문득 날짜를 확인해보니 오늘 자정을 넘기면 돌아가는 비행기에 올라타야 한다는 걸 깨달은 사람처럼 허둥댔어.

몰랐어.

끝내기 싫어.

너무 길어진다면, 어쩌면 그건 더 이상 여행이 아니게 될지도 몰라.

억지야.

좀 그렇긴 해.

여행하듯이 살고 싶은 거니?

할 수만 있다면.

자유롭게?

내 걸 만들어놓고 싶지 않아. 누군가의 소유가 되는 것도.

나한테 잘해준 거 알아. 기억나게 되겠지.

바랐었던 거 같아. 아주 잘 끝나게 되는 것을. 방법은 한 가지뿐이라는 걸 알았어. 그건 가장 좋은 순간에 멈추는 거였어.

비겁해.

밤공기가 아직 남아있는 일요일 아침에 아무도 없는 공원에 가서 테니스공을 하늘을 향해 똑바르게 힘껏 던져봤던 적이 있었던 거 같아. 처음엔 빠르게 나중엔 천천히 올라갔어. 그러다가 어느 순간에 정지 상태가 됐어. 밑으로 떨어지지 않는다면, 언제까지나 그 자리에서 반짝거리고 있는 것으로 남겨질 테지.

다른 사람을 만나겠구나.

그랬으면 좋겠어. 우리 둘 다.

가능하지 않을지도 몰라.

너무 따뜻해.

나도.

이름은 이제 까먹어버렸는데, 어릴 때 변신합체로봇을 가지고 놀았었어. 그런 걸 가지고 놀았으니까, 굉장히 어렸을 때였던 것이겠지. 근데 아직도 기억나. 그걸 손에 쥐고 있을 적의 촉감과 내 안에 생겨났었던 감정 같은 것들이. 아무튼 사자, 곰, 재규어 이런 로봇들이었는데, 강한 적과 싸우기 위해선 변신합체를 해야 했어. 그럼 사자는 다리, 곰은 가슴, 재규어는 팔이 되는 식이었지. 그렇게 변신합체로봇이 완성되면 어떤 강한 적과도 맞서 싸울 수 있었어.

우리도 방금 합체했어. 그렇다면 변신합체로봇이 된 셈이네.

맞설 준비가 된 것이지. 상대가 아무리 힘이 세더라도.

자살을 할 거야 하늘 끝으로. 이게 맞니?

하나도 안 틀렸어.

자살을 할 거야 하늘 끝으로. 자살을 할 거야 하늘

끝으로.

그래. 자살을 할 거야 하늘 끝으로.

왠지 어떤 하늘인지 알 것 같은 느낌도 조금 들어. 아주 작은 목소리지만, 서두르지 않으면서 뭉개지 않고 한 글자 한 글자 발음을 분명하게 해보는 동안 에.

언제였는지는 모르겠어. 평범한 날이었을 거야. 우연히 너무 예쁜 색깔을 가진 하늘을 창문 너머로 봤어. 맨눈으로 보는 것보다 훨씬 더 예뻤어. 아마도 뭔지 모를 컬러가 엷게 입혀져서 겉에는 무광 코팅으로 감싸인 것이었을 테지. 모든 걸 다 합쳐도 실은 무척 짧은 시간이었을 텐데, 그 하늘을 본 순간, 저런 곳을 향해서라면 한 번쯤 뛰어내리는 것이 가능하겠다는 생각을 했어. 문득 그런 생각이 들었던 거지. 끝없이 떨어지는 쪽으로. 굶어서 죽게 될 만큼 긴 창공 속으로 말이야.

뭔가 재밌어. 너무 길어서 굶어죽는다니. 그런데 좀 닮은 것 같긴 해. 내가 막연히 상상해본 그 어떤 하늘과. 무서운 느낌이 아니라서 그런 거 같애.

그렇구나.

나도 보고 싶어.

보게 될 수도 있을 거야. 아주 우연하게. 보면 바로 알 수 있어. 아아 저것이구나, 중얼거리면서.

우연한 일이 일어나길 바라면서 언제까지나 마냥 창밖을 보며 서 있고 싶지 않아. 그러니 나한테 컬러가 입혀진 창문이 어디였는지 가르쳐줘. 그곳까지 같이 가보자는 얘긴 하지 않을 테니까 걱정 안 해도 돼.

기억나지 않아. 아주 오래전이었으니까. 아니면 꿈속에서였을 테니까.

마음만 먹으면 언제든 가볼 수 있는 건지 궁금해. 그날 우연히 창밖으로 봤었던, 그 순간의 장면으로.

자살을 할 거야 하는 끝으로. 그 하늘을 처음 본 순간에 나도 모르게 그렇게 말했어. 소리는 내지 않고 속으로만. 주위에 사람들이 많았거든. 그 후부턴 언제라도 그 말을 하게 되면 그 광경이 저절로 떠오르게 돼. 입 밖으로 소리를 내든 안 내든 그런 건 상관없어. 그것은 내 안 가장 깊숙한 곳에 위치하고 있는 것 같거든. 눈부신 태양빛 때문에 색이 바래지지 않고 사막에서 불어온 뜨거운 모래바람 때문에 네 개의 귀퉁이가 찢기거나 닳는 일이 생기지도 않아. 그러니 가능해.

꿈에서도 가능한 거니?

꿈에선 그 하늘 끝으로 뛰어내려보곤 해. 너무 길고 끝이 나지 않아서 도중에 잠에서 깨버려.

이대로 잠이 들었으면 좋겠어.

왜?

그냥 그런 생각이 들었어. 우리가 합체한 상태로 잠이 들게 된다면, 그래서 너가 꾸는 꿈이 나한테도 무사히 연결된다면, 어쩌면 나도 볼 수 있게 될지 모르니까.

닭대가리 페티

슈퍼마켓 입구에 놓인 장바구니를 집어든 다음 아내에게서 온 문자 메시지를 들여다보며 그 안을 천천히 돌아다녔다. 구두굽이 바닥에 닿을 적마다 일정한 크기로 소리가 울렸다. 고추참치 통조림, 1.5리터 저지방 우유, 송이버섯, 두부, 달걀 한 팩을 차례대로 하나씩 담았고, 비록 심부름 사항이 아니긴 했지만 미고랭 봉지 두 개과 여섯 개 들이로 박스 포장된 맥주 캔을 집어 들었다. 집에 도착해서 현관문을 열었을 때 그 안은 너무 조용했고 어디에서도 빛이 나고 있는 곳은 없었다. 그렇다고 완전한 어둠 속에 발을 들여놓은 것만은 또 아니었는데, 앞 동 아파트에는 절반쯤, 어쩌면 그보다는 조금 더 많게 불이 들어와 있었다.

부엌 쪽 전등을 켰고 거실 스탠드 스위치를 올렸다. 창문을 여니 금세 찬 공기가 불어 들어왔다. 조금 전까지 내 몸을 감싸고 있었던 바로 그 공기였던 게 틀림없었음에도 마치 전혀 다른 종류의 것 같았다. 아득하게 먼 곳에서 온 것 같기도 했다. 식탁에 올라와 있는 영어 문제집을 아이 방 책상 책꽂이에 꽂아두고서 방금 학원 교재가 놓여 있던 그 자리에 랩톱을 놓고 포르노무비 사이트에 접속했다. 사무, 라고 하는 두 음절짜리 글자를 치고서 엔터키를 누르자 그 아이가 출연한 작품들이 일렬로 나열됐다. 잠시 뒤에 나는 팬티를 무릎 쪽으로 내리고서 자위를 했다.

종이봉투에 든 음식재료들과 미지근한 상태의 캔을 냉장고에 집어넣었고 대신 언제인지 기억나지 않을 만큼 오래전에 사놓았던 빅토리아 비터를 가장 구석진 쪽에서 꺼냈다. 손에 쥐어보니 아주 차가웠다. 밥 위에 달걀을 깨트렸고 간장과 버터를 얹은 뒤 전자레인지에 집어넣고서 시간을 설정해 작동 버튼을 눌렀다. 그것을 식탁으로 가지고 왔을 때 핸드폰에는 선생님, 으로 시작하는 문자가 와 있었다. 나는 몇 번이나 그 문자를 반복해서 들여다봤다. 아마도 잠들기 전까지 열 번은 간단하게 넘겼을 것이다.

수업 종이 울리자마자 곧바로 반에 들어가서 종례를 했다. 원래 오늘 하려고 했었던 6번부터 10번까지 진로상담은 다음 주 월요일에 하겠다는 내용부터 전달했고 나머진 별것 없었다. 되도록 청소를 빨리 마치고 집으로 돌아가라는 말은 빼놓지 않았다. 교무실에 내려갔을 때, 누군가 내가 평소 앉는 의자 곁에 놓인 학생상담용 보조의자에 앉아있다는 것을 알았는데, 약속보다 거의 삼십 분이나 이른 시간이었다. 나는 가까이 다가가 "사무" 하고 그 애 이름을 불렀다. 그 아이가 핸드폰에서 눈을 떼고 고개를 들어 나를 쳐다보며 미소를 지었다. 우리는 서로를 향해 고개를 숙여 인사했다. 창문으로 들어오고 있는, 약간은 힘을 빼고 느슨해진 듯한 오후의 빛이 사무의 얼굴에 닿았다.

"오랜만이에요. 이 빙글빙글 도는 파란색 의자도요."

그 애는 발을 움직여 좌우로 조금씩 몸을 돌려 보였다. "원래 색깔이 완전히 바래져 버려서 이젠 날씨 좋은 날의 하늘처럼 보여요. 오히려 훨씬 나은데요? 용케 아직도 고장 나지 않았군요."

"높낮이 조절은 이제 아예 안 먹혀."

"그래도, 모든 게 그대로인 것 같아요." 그 애를 향해 나는 고개를 끄덕여 보인 후 내 자리에 앉아 우선적으론 단체사진이 펼쳐져있었던 오래전 졸업앨범을 덮었다. 커피포트에서 컵에 따른 한 잔씩을 손에 쥐고서 안부를 위주로 한 대화를 조금 나눴는데, 그 애는 내 아내와 아이에 대해 물었고 나는 사무에게 얼굴이 좋아 보인다고, 그리고 어제 문자를 보고서 놀랐고 그래서 고마웠다고 말했다.

"지금도 그때 그 가격인지 정말 궁금했어요." 저녁

을 사주겠다는 내 말에 그 애는 대뜸 오랜만에 교내 별관에 있는 매점에 가서 햄버거를 먹고 싶다고 했다. 다른 곳은 절대 안 된다고도 미리 못 박았다. 내가 아는 맛 집을 여러 곳 나열해봤지만, 매점에서 그때 그 햄버거를 다시 먹어보는 게 자신의 소원이라는 막무가내 식 말에 나는 그만 두 손 들고 말았다.

"그렇다면 할 수 없지. 하지만 그 안에 든 내용물에 대해선 책임질 수 없어. 먹고 배가 아플지도 몰라."

"닭대가리 페티!"

"확실히 그런 소문이 있긴 해."

"설마 아직도 비밀이 안 밝혀진 건가요? 우리 때 한창 그렇게 통했었는데, 페티가 닭대가리를 갈아서 만들어지는 것이라고 말예요. 그렇게 싼데, 맥도날드나 버커킹보다 더 맛있을 수 있는 이유가 실은 바로 페티의 비밀에 있는 것일 가능성이 아주 높다고 다들 얘기 했었어요. 거의 확실하댔어요."

"소연이와 그 일당이었겠지."라고 내가 아는 척을 하자 그 애가 웃었다.

"특히 반장이 맨날 그런 말을 하고 다니는 편이었어요. 확실하진 않지만 이것도 아마 소연이가 말했었던 것 같은데, 어느 날 밤에, 자율학습 끝나고 배가

고파서 뭣 좀 먹으러 매점에 갔다가 우연하게 절단
된 부위에 핏기가 있는 닭대가리들만 양동이에 수북
하게 쌓여있는 걸 직접 본 일이 있었대요. 그걸 초
대형 블렌더에 통째로 넣고 드르르르 부드러운 빵
반죽처럼 갈아대고 있었다나. 아! 눈알들이 뽑혀져
나와 안쪽 벽에 부딪치는 소리가 요란했다고도 말했
었던 것 같아요. 절대로 뚫지 못하는 강철판에 총알
들이 마구 튕겨지는 것처럼."

"틀림없이 소연이가 한 말일 거야. 그런 이야기를
지어내서 심각한 표정으로 숨죽이며 말힐 사람은 그
때는 걔밖에 없었거든."

"그 애 주변엔 사람들이 늘 많았어요."

"그런 애들이 꼭 하나씩 있지."

"부러웠어요."

사무는 만지작거리고만 있었던 컵을 입가로 가져갔
고 나도 똑같이 따라서 커피를 한 모금쯤 삼켰다.

"안타깝겠지만, 지금도 그 소문은 일관되게 유지되
고 있어. 그걸 본격적으로 파헤치려는 탐정이 나타
나지 않는 관계로 햄버거 페티를 둘러싼 무수한 의
혹만이 넘쳐대지."

"그렇군요."

"그래."

"제가 한번 해볼까요? 명탐정 코난과 소년탐정 김 전일의 진심어린 애독자로서."

"그 정도로 충분하면 좋겠지만, 낌새를 보아하니 셜 록 홈즈도 아직 안 읽어본 것 같은데. 그래가지고선 탐정으로서 갖춰야 할 소양이 충분하다고 보긴 좀 힘들어."

"쉬는 날을 이용해서 한꺼번에 몰아서 보면 금방 해 결할 수 있을 거예요."

"그렇게 만만치는 않을 텐데. 그 유명한 아서 코난 도일의 셜록 홈즈 시리즈는 탐정 만화책처럼 책장이 휙휙 넘어가지만은 않을 거라고. 글자 수도 많고 게 다가 깨알 같기도 한데다 전체 분량도 엄청나."

"누가 요새 책을 봐요. 오리지널 드라마로 볼 거예 요. 넷플릭스로요."

"그런가?"

"그럼요!"

"그래도 소설책으로 보는 게 더 나을 거야. 드라마로

는 방대한 이야기를 다 담아낼 수 없겠지. 또 이미지가 없는 편이 상상을 하는 데에는 훨씬 유리해. 탐정의 자질 중에 하나인 상상력을 키워주는 셈이랄까."

"잠깐만요, 정말 우리 선생님 맞기는 하신 거죠?"

"아마도 그럴걸."

"아무래도 의심스럽군요. 저의 기억 속에 남아있는 자유로운 영혼의 소유자 3학년 8반 담임 선생님은 도대체 어디에 가 계신 거죠? 저기요, 외모가 매우 닮으신 선생님, 부탁이지만 진짜 우리 선생님 좀 불러주실래요?"

"공익적인 목적인 셈이고, 하여간 의미 있는 일이긴 하지만, 이것저것 따져보며 신중하게 결정했으면 좋겠어. 사립학교에 페티를 공급하는 회사의 표적이 될지도 모르니까."

"무척 조심해야겠군요."

"그래야 할 거야."

"근데 아직 그곳이 남아있기는 한 것이겠죠? 매점 말예요."

우린 밖으로 나왔고, 그 애가 내 왼쪽 팔에 가볍게 팔짱을 꼈다.

"정말 변하지 않았군." 하고 내가 말했다.

나란히 교정을 걷는 동안에 동료교사 서넛과 마주쳤고 우르르 뭉쳐 교실을 빠져나온, 내가 담임으로 있는 우리 반 아이들과도 마주쳤다. 개중에 어떤 여학생은 우리가 들으라는 듯이 오오, 미인이시다! 라고 입은 가린 채 일부러 큰소리로 외쳤다. 그 아이들이 정문 쪽으로 멀어지자 그 애는 나만 들도록 조그맣게 "귀여워."라고 하며 소리를 참고 웃었다.

값이 오른 것에 너무 속상해 하면서도 사무는 학교 매점에 다시 오게 된 걸 무척 감격스러워했다. 내가 주문을 하는 동안에도 점잖이 제자리에 서 있지 못한 채 구두 소리를 내며 돌아다녔고 별거 아닌 것에도 감탄했다. 예를 들면 메뉴판에 피자와 파스타와 짜파게티가 생긴 것을 보고는 "말도 안 돼!"라는 말을 연거푸 세 번씩이나 했다. 그러면서 자신의 학창시절에는 라면이랑 떡볶이랑 햄버거뿐이었다는 거였다. 그런 사무를 보며 "너는 나를 만나러 온 게 아니라 실은 매점에 오고 싶었던 거구나."라고 한 마디 하자 "들켰네요. 어쩌죠, 죄송해요."라고 하며 내 쪽으로 뛰어와 팔짱을 도로 꼈다. 주문한 햄버거

가 쟁반에 담겨서 환타 오렌지와 함께 나왔고, 우린
야외 테이블에 자리를 잡은 다음 은박 덩어리를 하
나씩 집어 들어 호일을 벗겼다.

"선생님, 얼마 전에 오디션이 있었거든요. 사무엘
베케트 아세요?"

나는 토마토케첩 맛이 진하게 배인 달달한 페티를
빵과 함께 씹으며 그 애와 눈이 마주친 상태에서 고
개를 끄덕여 보였다.

"배역 하나를 맡게 됐어요. 주인공은 아니에요." 하
며 사무는 자신의 숄더백에서 작은 사이즈의 종이봉
투를 꺼냈다.

"이거 드리려고요. 공연 티켓이에요."

나는 그 애가 내민 봉투를 열고서 연극 티켓을 꺼내
일시와 장소를 확인한 다음 진심으로 축하해줬다. "그
런데 말이지, 어쩌면 못 갈지도 몰라. 그러면 티켓
이 아깝게 될 텐데." 내 말을 듣고는 사무가 아주 유
쾌하게 "절대로 오시면 안 되죠. 그럼 큰일 나게요.
저한테 얼마나 소중하고 중요한 날인데."라고 했다.

"꼭 티켓은 가지고 계셔 주세요."

난 그 아이에게 말없이 미소를 지어보였을 뿐이다. 그 애는 탄산음료만 두어 번 입에 댔을 뿐 햄버거는 아예 먹지도 않은 채 희곡을 쓴 작가가 누군지, 자신이 맡은 배역이 어떤 것인지, 오디션에 합격했다는 얘길 들었을 때 어떤 기분이었는지에 관해 구체적으로 설명했다. 야외에 오래 앉아 있어도 상관없는 온도 속에서 간간히 이마로 떨어진 머리카락을 날릴 정도로 불어오는 바람을 맞으며 그 애만이 가진 음성을, 날 향한 눈동자를 들여다보며 가만히 귀 기울여 들었다.

"포르노를 찍는 것과는 상당히 다를 거 같아. 소극장이라고 하는 곳에서 관객 앞에 직접 나서서 연기를 할 테니까."

"어떤 면에선 그럴 거예요. 그래도 목수가 보험설계사로 변신하는 것만큼은 아니겠죠."

"네가 출연한 건 빼놓지 않고 전부 봤어."

"신작이 다음 주쯤에 나올 거예요. 특별한 사정이 생기지 않는 한 말예요."

"아무래도 탐정 일까지 맡는 건 무리일 테군."

"그냥, 영원히 풀리지 않는 수수께끼 같은 걸로 내

버려둬도 좋을 거 같아요. 그래야 언제라도 불쑥 찾아와 사먹을 수 있을 테니까요."

"하긴, 아직까진 매점 햄버거를 먹고 건강을 잃고 말았다며 졸업생들이 학교 측에 거칠게 항의 전화를 해왔다는 소식을 들은 적이 없어."

"소중한 추억거리가 사라지게 될 지도 모르고요. 시간이 많이 지나서 다들 주름이 생기고 머리가 빠지고 무엇보다 말수가 줄고 점잖아져서, 서로를 잘 몰라보고 이름조차 까먹게 된다 해도 닭대가리 페티로 만든 매점 햄버거! 하면 다들 웃음을 터트리며 하나 둘씩 예전 모습으로 돌아가겠죠."

"다 식겠어. 어서 먹도록 해."

난 그 애 앞에 놓인 햄버거를 가리켰다.

"많이 안 드셔본 티가 딱 나요. 이거는 적당히 식어야지 더 맛있거든요."

학교 종소리가 울렸다. 대화가 중단됐지만 대신 여러 가지 소리들이 그 애와 나 사이에 끼어들었다. 운동장 쪽에서 축구공을 발로 차는 소리, 아스팔트 위에 공기가 꽉 찬 농구공을 튕기는 소리, 하교 중인 아이들이 모여서 떠드는 소리 같은 것들이었다.

그냥 놔둬

"저도 괜찮아요." 하고 내가 말했다.

주문을 받으러 왔던 직원이 고개를 살짝 숙여 보이고서 우리가 앉은 테이블을 막 떠났을 때 제이는 놀란 표정을 지으며, 하지만 반쯤은 웃음기 띤 얼굴로 내게 "형이 웬일이야." 하고 말하는 것이었다. 그 정도로는 아무래도 부족했는지 "믿을 수 없는 일이네." 라고 한 마디를 또 덧붙였다.

"왠지 놀리는 거 같은데?"
제이는 웃음을 터트린 후에 고개를 저었다.

"탄산음료가 없으면 미역국에 밥을 말은 것도 입에 대지 않는 사람이, 진짜로 크림치즈 파스타 같은 걸 시키면서 콜라나 사이다가 필요 없다고 말한 거잖아. 바로 지금 말이야."

"맞아."

"나 모르는 사이에 어떤 문제라도 생겼어? 계속 그런 걸 마시면 죽게 될 거라는 심각한 경고를 의사가 형한테 날리기라도 한 것이냐고."

"그런 건 아니야."

잠시 제이와 눈이 마주쳤지만 난 곧 다른 쪽으로 시선을 돌렸다. 창밖이 적당했다.

"끊은 지 좀 됐어."

"얼마나?"

"한 6년."

"대단하네. 여섯 달 정도라고 했어도 아마 엄청 놀랐을 것 같은데."

"대신 맥주를 마시기 시작했으니까."
내 말에 제이가 고개를 끄덕여 보였다.

"배두나가 광고하는 거 마셔봤어?" 하고 제이가 물었다.

"아니."

"요즘은 무알콜도 잘 나오긴 하더라."

한창 점심시간이었기도 해서 주문한 식사가 나올 때까지 시간이 제법 걸렸지만, 우린 그리 많은 대화를 나눈 것은 아니었다. 서로의 근황에 관해서, 하고 있는 일에 관해서 어느 정도만 몇 마디 얘기를 주고받았을 뿐이다. 훨씬 더 긴 시간 동안 나는 창밖을 내다봤고 제이는 나를 따라 창밖으로 시선을 던지다가 걸려온 전화를 받고서 누군가와 꽤나 길게 통화

했다. 공연 스케줄과 관련된 얘기를 하는 것 같았다. 서비스 차례가 되었고, 아까 주문을 받았던 직원이 우리 쪽으로 와서 같은 종류의 파스타가 담긴 널찍하고 둥근 플레이트 두 개를 각자 앞에 내려놓았다. 우리는 레드와인 한 잔씩을 추가로 주문했다. 그것은 거의 곧바로 가져다줬다. 난 포크로 파스타를 찍은 다음에 둘둘 말아 입속에 집어넣었다. 몇 번을 똑같이 반복하며 눈길을 창밖으로만 줬는데, 자꾸만 시선을 잡아끄는 게 있었기 때문이다.

"말 좀 해. 그래도 오랜만에 만났는데." 하고 제이가 말했다.

"그래. 안 그래도 그러려던 참이야."

"누가 보면 레스토랑에서 잠복하고 있는 형사라도 되는 줄 알겠어. 뭘 그렇게 쳐다보고 있어?"

"아무것도 아냐."

"거짓말."

"저기 저 사람들 보여?" 하고 난 창밖을 가리켰다.

그제야 제이는 그쪽으로 고개를 돌렸다. 그러더니 이내 어이쿠, 하며 입으로 작게 소리를 냈다.

"언제부터?"

"글쎄. 모르겠어."

제이와 나는 식사를 하다말고 창밖만을 바라봤다. 그곳은 식당에서는 거리가 좀 떨어진 길거리였는데, 두 남자 간에 싸움이 붙은 것이었다. 점심을 먹으러 나왔을 게 분명한 셔츠나 정장 차림의 회사원들이 걸음을 바쁘게 옮기면서도 그쪽을 힐끔거렸고, 어떤 사람들은 손에 커피를 들고 아예 제자리에 서서 구경하고 있었다. 달리 대신할 표현이 생각나지 않아서 우선은 싸움이라고 말하긴 했지만, 한쪽은 전혀 때리지 않고 맞고만 있었다. 일방적으로 당하는 쪽은 코피를 흘리며 연신 얻어터지면서도 똑바로 일어서서 양팔을 늘어뜨렸다. 격투기로 치면 가드를 완전히 내리고서 무방비 상태가 된 것이었다. 그러나 때리는 쪽 역시, 내가 보기엔 전력을 다하고 있지 않았다. 잘못 맞으면 위험해질 수 있는 부위는 전부 피해서, 그러니까 말하자면 치명상을 입히지 않을 수준으로 아주 신중하게 상대를 때렸다.

"이상하네." 하고 제이가 중얼거렸다.

"나도 느꼈어."

"신고할까?"

"그냥 놔둬."

제이와 나는 각자의 접시에 놓인 것을 포크로 찍어 자신의 입속에 밀어 넣었다. 점심을 먹는 동안에 활발하게까지는 아니었지만 그럭저럭 꽤 괜찮은 정도로 대화를 이어나갔다. 제이는 새로 이전한 작업실과 그 인근에 있는 예전부터 알던 카페에 관해 얘기해줬고, 난 제이가 방금 말한 그 카페에 종종 들러서 혼자서 몇 시간이나 앉아 있다가 오곤 한다고 알려줬다. 우린 서로 어째서 그동안 한 번도 얼굴을 마주치지 못했었는지 몹시 의아해했다.

"형, 부탁이 있어. 별거 아닌 것이니까 긴장하진 마."

"뭔데."

"나 좀 쳐다보면서 얘기해."

"알겠어. 그럴게."

어제 전화가 왔는데

"그건 내 스타일이 아냐. 이땐 무조건 새우깡 같은 거."

핸드폰을 손에 든 채, 신호등이 없는 횡단보도 앞에서 좌우를 살피며 아이들을 잔뜩 태운 학원 봉고차 한 대를 먼저 보낸 다음, 나는 조금 뛰다시피 해서 그곳을 건넜고 끈으로 목덜미에 매달아놓았던 마스크를 쓰고 곧장 마트 안으로 들어갔다.

"너무 시원해. 기분이 별로 안 좋다가도 이런 델 오면 신기할 만큼 나아져. 왜 그런 건지 모르겠어."

출입문과 가까운 지점에 수북이 쌓인 수박들 중에 한 덩이를 단단한 손가락마디 쪽으로 두드려서 어떤 소리가 나는지 들어본 뒤에, 이번엔 핸드폰을 바짝 수박 쪽으로 붙이고서 다시 서너 번 탕탕, 하고서 두드렸다.

"들었지? 어때, 잘 익은 거 같니?"

난 스낵 코너로 이동했다.

"오오, 닭다리!"

빨간 벼슬과 검고 진한 눈썹을 가진 닭이 그려진 종이상자를 집어 들었다.

"이것도 땡기긴 하네. 맥주랑 먹으면 최고겠다."

그 애는 이것저것 고민하지 말고 한꺼번에 다 사면 된다고 내게 말해줬다. 만약 남으면 자신이 다음에 집에 가서 다 해치워줄 테니 걱정하지 말라고도 덧붙였다.

"오케이 알겠어."

그 다음엔 새우깡을 고를 차례였다. 밀가루로 만든 오리지널 새우깡, 매운 맛 새우깡, 쌀로 만든 새우깡, 블랙 새우깡이 나란히 진열돼 있었다.

"블랙 먹어봤어?"

난 새카만 과자봉지를 손에 들고서 뭐라고 설명하고 있는지 한번 읽어봤다.

"어떤 맛일지 좀 궁금하긴 한데, 왠지 신라면 블랙 같은 느낌일 거 같기도 하구."

그것을 도로 제자리에 내려놓고는 그 바로 옆쪽에 놓인 쌀로 만든 새우깡을 대신 집어든 뒤에 오리지널 후라이드 맛 닭다리와 포갠 다음 옆구리에 끼고 마트 가장 안쪽에 있는 알코올음료 진열대 쪽으로 걸음을 옮겨서 350밀리리터짜리 캔 맥주를 골랐다.

난 혼잣말처럼 카스, 테라, 카프리, 하이네켄, 버드
와이저, 호가든, 블루걸, 하며 눈에 보이는 순서대로
중얼거렸다. 맨 앞줄에 있는 캔을 꺼내들자 곧바로
뒤쪽에 있는 캔 한 개가 약간의 경사가 있는 눈 덮인
슬로프를 따라 스키어가 내려오듯이 밀려 내려와서
착, 하는 소리를 내며 앞줄을 빈틈없이 채우는 것이
었다.

마트 안은 아마추어 디제이가 진행하는 라이브 방송
같은 걸 틀어놨지만 입구 쪽만 소리가 상당히 컸을
뿐, 가장 안쪽이라고 할 수 있는 음료 진열대 쪽에선
거의 잘 들리지 않았다. 아마도 스피커가 이쪽으론
전혀 설치돼있지 않은 것 같았다. 그래서였는지는
몰라도 핸드폰에서 전달되는 그 애의 차분하고 조용
한 음성이 갑자기 볼륨을 키운 것처럼 잘 들렸고, 그
뿐만이 아니라 말하지 않고 있을 적의 숨소리 같은
것도 고스란히 나한테 전달되는 것 같았다.

"지금 뭘 틀어놨니?" 하고 내가 물었을 때, 그 애는
조금 놀라며 조그맣게 틀어놓은 건데 들리니? 라고
오히려 되물었다. 지브리 스튜디오가 만든 애니메이
션들에 나오는 오리지널 음악들을 재즈 피아노 연주
로 편곡한 컬렉션이라고 알려주면서, 요즘은 음악이
없으면 아무것도 할 수 없게 돼버렸어 커피처럼, 이

라고 그 애가 말했다.

"그러고 보니 오늘 밤에 애니메이션을 보는 것도 좋을 거 같네. 아예 생각하진 못했었는데."

그 애와 난 미야자키 하야오의 작품들 중에 본 것들을 나열해봤다. 난 그래봤자 얼마 없었고, 그 앤 내가 처음 들어보는 제목들도 신기할 정도로 줄줄이 읊었다. 내가 그 중에 하나를 추천해달라고 하자, 그 앤 이유를 알 순 없지만 원령공주가 맨 먼저 떠오르긴 한다고 말했다. 닭다리나 새우깡과는 그다지 어울릴 것 같지는 않지만, 이라고도 해서 좀 웃음이 났다. 난 이쯤에서 그 애에게 그 말을 꺼내기로 마음먹었다. 지금이 아니면 안 될 것 같았다. 이 순간을 놓쳐버린다면 그 내용을 전하지 못한 채로 전화를 끊을 것만 같다는 예감이 들었다. 만약 그렇게 된다면 어쩌면 돌이킬 수 없을지도 모른다.

"있잖아, 다음 주부터 다시 출근하기로 했어."
난 마스크 코 조임 부분을 만지작거렸다.

"맞아. 거기."

보일 리가 없는데도 난 마치 내 앞에 그 애가 있는 것처럼 고개를 큼지막하게 몇 번이나 끄덕였다.

"어제 전화가 왔는데, 하겠다고 했어."

잠시 대화가 끊긴 동안에 그 애가 틀어놓은 음악 소리만이 내 귓가에 들려왔고 난 말없이 가만히 있기도 했지만, 그건 그렇게 길게 가진 않았다. 그 앤, 그런데 맥주는 좀 전에 어떤 걸로 고른 것이냐고 물어왔고 난 블루걸이라고 대답해줬다. 그렇지 않아도 조만간 자신도 한번 마셔볼 작정이었다며 내가 먼저 맛을 보게 됐으니 후기 같은 걸 남겨달라고 했다. 마트를 나올 때쯤 또 연락하자며 전화를 끊었고 난 마스크부터 먼저 벗은 다음에 집으로 가는 길을 걸었다.

그 애가 틀어놓았던 잔잔한 음악 소리가 귓가에 계속 들리는 것 같은 느낌이 들어서, 그것을 따라 조그맣게 멜로디를 입 밖으로 소리 내보았다. 엷게 빛의 기운이 남아있는, 완전히 어두워지진 않은 저녁 무렵이었다. 손안에서 진동을 느껴서 핸드폰을 들여다봤더니 액정에 새로운 메시지가 조용히 떠올라있었다. 그 애한테서 온 것이었다.

입국카드 앞에 놓고

옆에 앉은 여자는 승무원이 미는 카트가 아주 가까이 다가왔을 때조차 볼펜을 손가락 사이에 낀 채 턱을 괴고만 있었다. 기내식으로 나온 도시락을 건네받을 때만 잠시 몸을 움직였을 뿐, 도로 원래대로 돌아갔다. 아까부터 쭉 같은 자세였다. 그녀가 고른 것도 치킨커틀릿이었다. 나는 곧장 살며시 뚜껑을 열어 플라스틱 나이프로 커틀릿을 한 입 크기 정도로 썰었다. 칼이 아주 작은 데다 별로 날카롭지도 않아서 꽤나 힘을 줘야했다.

의자 등받이 뒤쪽에 달려서 펼쳤다 접었다 할 수 있는 간이테이블 위에 올라가 있는 건 겨우 손바닥만 한 입국카드 한 장이었다. 도시락은 아직도 무릎 위에 있었다. 결국 난 "꽤 괜찮네요. 편의점에서 사먹는 것과 비슷한 수준 같아요." 하고 말을 걸고 말았다. 그녀는 처음엔 무표정이었다가 나와 눈이 마주치자 미소를 천천히 지어보이며 "다행이군요."라고 말했다.

공항 지하철을 이용해 센트럴로 갔다. 대형 쇼핑몰 11층 야외 테라스에 있는 카페였다. 커피를 주로 팔지만 맥주랑 간단한 식사거리도 주문할 수 있는 곳이었다. 앉은 자리에서 고개만 돌리면 대관람차와 바다가, 그리고 그 건너편에 있는 오래된 도시가 한눈에 들어왔다.

"뭐해?"

"숫자 세."

선엽이는 들고 온 쟁반을 테이블에 놓고서 내가 바라보는 쪽으로 잠시 눈길을 줬다가 이내 고개를 갸웃거리며 무슨 숫자? 라고 했다. 나는 "외국인"이라고 말한 다음 종이박스에 수북하게 담긴 피쉬앤칩스를 집어먹었다. 튀김옷이 아주 바삭했다. 오랜만에 보게 된 선엽이는 나이프와 포크가 꽤 잘 어울렸다. 그것들을 양손에 가볍게 쥐어들고 제법 능숙한 솜씨로 너무 큰 사이즈의 것은 미리 조각내서 주워 먹기 편하게 만들어 놨다.

"그래서 본 거야? 그게 도대체 뭐였는지." 하고 선엽이가 물었다.

내가 맥주잔을 선엽이 쪽으로 똑바르게 내밀었고, 녀석은 튀김을 집으려다 말고 맥주잔을 대신 손에 쥐었다. 우린 각자 손에 든 오 백씨씨 생맥주잔을 서로에게 부딪쳤다.

"얼어붙어버렸어. 그 여자의 눈을 봤을 때. 그리고

목소리를 들었을 때." 하고 내가 말했다. "물어보려고 했어. 어떤 항목 때문에 그러는 것이냐고. 실은 아까부터 조금 궁금했었다고 솔직하게 털어놓으면서 말야. 그럴 땐 있는 그대로 말하는 게 최고니까."

"나쁘지 않지."

"그런 식으로 말을 걸면 안 되는 거였어. 그렇게 쉽고 간단하게. 그 순간에 어떤 느낌이 들었었는가 하면, 마치 이런 거였어. 그 여자가 혼자 머무는 방에 내가 노크도 없이 벌컥, 하고 문을 열고서 안으로 불쑥 들어간 다음 오늘 날씨가 참 근사하죠? 하고 인사를 건넨 것 같은 기분."

"뭔지 알아."

"대화는 그걸로 끝났어. 방문을 닫는 것도 잊은 채 뒤돌아서 도망쳐 나와 버렸으니까."

"아무리 생각해도 좀 뜻밖이긴 해. 너가 모르는 사람에게 먼저 말을 걸었다니."

"그 순간에, 그녀가 어떤 일을 지금 계획하고 있든, 결국엔 그것을 이뤄내고 말 것이라는 예감이 들었어."

"느낌?"

"더 강한 무언가."

"승객들을 인질로 삼아서 정치범을 풀어달라는 협박이거나, 기장을 총으로 쏴 죽인 다음 비행기를 흑해 한가운데에 빠트리는 계획이었다 해도?"

"아마도. 그 정도는 꽤나 손쉬운 일이지 않을까?"

"대체 무슨 근거야?"

"그런 건 없어. 그냥 직감 같은 거였으니까."

선엽이는 말없이 고개만 끄덕여 보였다.

"한 잔 더 시켜도 되는 거지?"

"길을 걷다가 우연히 보게 될 수도 있을 거야. 여긴 그런 곳이니까."

"아무래도 커피가 낫겠어. 맥주보다는."

"좋을 대로 해."

주문한 커피를 가지고서 선엽이 맞은편 자리에 앉았고 한동안 우린 테이블 위에 놓인 것에만 집중했다. 각자 맥주와 커피를 마셨고, 피쉬앤칩스를 함께 먹었다. 오랜만에 만나긴 했지만 억지로 대화를 이어

나가지 않으면 어색해지는 사이가 아니었고, 주변에 볼거리가 부족한 것도 아니었다. 어디로 시선을 던져도 지루하지 않았다. 음질이 훌륭하다고 까진 할 수 없지만 적당히 볼륨을 맞춰놓은 스피커에선 올드 팝이 끊임없이 재생되고 있었다. 조금 전까진 엘비스 프레슬리가 부른 캔트 헬프 폴링인 러브였다.

"이건 뭐지? 지금 이거." 하고서 내가 스피커 쪽을 가리켰다.

"리얼리티. 리처드 샌더슨."

"대단하네. 알고는 있었지만 척, 하고 바로 나올 정도였던 거구나."

선엽이는 미소를 지었고 "아까 그 여자 있잖아." 하면서 본격적인 말에 앞서 운을 떼기라도 하듯이 입을 열었다.

"왜 왠지 아는 사람인 거 같애?"

"그게 아니라."

녀석은 기름이 잔뜩 묻은 손가락을 까딱거리며 흔들었다.

"사 년 전쯤인가. 캐세이퍼시픽을 타고 서울로 갈

일이 생겼는데, 입국카드를 작성해야 했어. 근데 거의 마지막 줄에 있는 직업란에서 딱 막히더라. 아큐페이션이라는 글자였어. 뭐라고 써야 하나. 애널리스트라고 해야 하나 아니면 작가라고 해도 되나. 사실 별거 아니었어. 그래봤자 영어 단어 한 개 적어 넣는 거였으니까. 어느 쪽을 선택한다고 해도 나라고 하는 현실의 존재에 어떤 영향을 주는 것도 아닐 테고. 근데도 그랬어. 기내식 같은 건 눈에 들어오지 않을 만큼. 오랜만에 기내식을 먹게 되는 것이었어서 혼자서 기대도 잔뜩 하고 있었고, 또 배도 꽤 고팠었던 것 같은데 말이지. 어쩌면 아까 넌, 그 당시의 나 자신을 잠깐 동안 만났던 것이었는지도 몰라. 아주 우연하게.”

선엽이는 거기까지만 말한 다음 맥주잔에 입을 댔다. 뭔가 구체적인 게 쏙 빠져있다는 생각이 들어서, 그 점에 관해 언급한 뒤에 녀석이 해주는 얘기를 아주 자세하게 듣고 싶었다. 난 종이박스로 손을 가져가 가장 커다란 칩 하나를 집어 올려 와삭, 하는 소리를 내며 한입 베어 물었다.

“전시가 언제라고 했지?”

“열흘 있다가.” 하고 선엽이가 말했다.

"난 서울에 있겠구나."

"그럼 조금만 더 있다가 가도록 해."

"캐세이퍼시픽으로, 항공사는 변경해보도록 할게. 일정을 바꿀 수 없는 대신. 그럼 혹시 또 모르잖아. 그 여자를 다시 만나게 될지도."

선엽이는 재미있다는 표정을 지으며 "비지니스 석이었어."라고 말했다.

"전해줄 말 있으면 해봐. 그러니까 어쩌면, 그때의 너 자신에게 말야."

"그냥 짧게 안부를 전해줘."

"잘 지내지, 정도?"

"그래. 그 정도면 돼."

절망에 관하여

모두 돌아가며 승전을 확신하는 발언을 한 마디씩 했고 마지막으로 율리케 상철 우주 1함대장만 남았다. 그는 우리들의 제독님이었다. 알렉산더 샴페인과 나폴레옹 꼬냑으로 축배를 들며 화기애애한 분위기 속에서 다들 그의 입을 주목했다. 나는 제독의 표정을 보고 조금은 긴장을 하고 말았다. 솔직히 말해서 염려를 했다는 것이 더 정확할 것이다. 그분 곁에서 보낸 시간이 벌써 십일 년의 세월이었다. 말 한마디 없어도 온몸으로 풍기는 기운으로, 또 미간의 움직임과 시선의 각도와 눈빛의 색깔과 입가의 주름과 턱받침의 모양 중에 어느 하나만으로도 현재 심경이 어떠한지 충분하게 짐작 가능했다. 그때 나는 제독의 지근거리에서 허리춤에 32구경 브라우닝을 찬 채 부동자세로 똑바로 서서 제발 나의 짐작이 완전히 빗나가길 빌었다.

"글쎄요."

그렇게 첫 마디를 우선 꺼낸 제독은 다음 말을 잇기 전에 좀 머뭇거렸다. 대신 찻잔을 조용히 내려놓고 찬찬히 주위를 한 차례 빙 둘러보는 것이었다.

"꼭 승전한다는 장담은, 뭐랄까요, 하기가 좀 어렵군요."

그 순간 숨소리도 나지 않을 만큼 정적이 흘렀다.

그런데 그 와중에 유우529가 코를 골았으므로 나는 그쪽으로 뛰어가 소리가 새어나오지 않게 사운드 앰프를 양손으로 틀어막아야 했다. 상철 제독은 피곤한 기색이긴 했지만 미소를 머금은 얼굴로 그냥 내버려둬도 된다고 눈짓으로 내게 표시했다. 나는 즉각 손을 떼고 나도 모르게 열중쉬어 자세를 취했다가 재빨리 차려 자세로 고쳤다. 항의라도 하려는 것인지 구형 깡통로봇은 코를 좀 전보다 더 세차게 골아댔다.

"모두가 희망에 관해서 얘기들을 하셨으니 저는 그 반대편에 놓여있는 어떤 것에 관해서 얘기를 드리는 게 어떨까 싶습니다."

그러면서 그는 자신이 십대 시절에 처음 접했던 20세기에 제작된 퍼스널컴퓨터게임 얘기를 꺼냈다. 다들 꽤나 놀란 눈치였지만 도대체 최전방에서 임무를 수행하는 함대의 제독이 무슨 말을 하는지 일단은 들어나 보자는 분위기였다. 어느 누구도 자신이 쥐고 있는 술잔에 입술을 대지 않았다.

"은하영웅전설. 그게 그 게임의 제목이었습니다. 원래는 원작이 다나카 요시키라는 자가 쓴 소설책이었던 것을 인기를 제법 끌었기 때문이었는지 가정용

컴퓨터게임으로도 출시가 되었던 것입니다. 장르는 전략시뮬레이션쯤일 텐데 게임 플레이어는 제국군과 동맹군 중에 어느 한쪽을 선택할 수 있었습니다. 저는 매번 신분적 계급이 철폐된 자유 진영을 수호하는 쪽을 선택했습니다. 물론 그것은 선동적일 만큼 표면적인 것이었을 뿐이었고 실상은 드러나지 않았던 또 다른 계급이 존재했습니다만 당시는 그쪽에 무척 끌렸었습니다. 어린 소년의 가슴을 뛰게 하는 멋지고 감동적인 말들은 온통 그쪽에서 독차지하고 있었으니까요. 동맹군, 그 우주함대의 지휘관은 얀 웬리 중장이었습니다. 자유 진영 역시 썩을 대로 썩어빠져서 알면 알수록 실망스러웠어도 얀 웬리라는 캐릭터가 가진 인간성이 그런 좌절감 같은 것들을 조금은 무마시켜줬습니다. 어느 정도 자라서 나이를 먹고 알 것을 알게 된 청년으로 하여금 계속해서 동맹군을 선택하게 만드는 데에 그가 특별히 기여했던 것이라고나 할까요. 아무튼 그는 역사학자가 되고 싶었지만 시대의 소용돌이 속에서 어쩔 수 없이 군인으로 살아가는 그런 인간이었습니다. 사색과 홍차를 즐기고 일부러 베레모를 삐딱하게 쓰길 좋아했죠. 게임에선 바로 제 자신이 얀 웬리가 되어 군대를 통솔했습니다. 그를 흉내 내서 시도 때도 없이 홍차를 홀짝거리는 습관도 그때부터 들이게 됐던 것이죠. 그런데 문제는 싸움이 중반을 지나가면 늘 얀 웬리가 이끄는 동맹군 쪽에 패색이 짙어지곤 했습니다. 병사들을 잃고 기함이 불길에 휩싸였습니다. 급기야는 병사들의 가족이 살고 있는 행성이 점령당하는 상황까지 벌어졌지요. 저는 어떻게든 그러한 상황을 막아보고자 해서 말 그대로 끊임없이 노력했습니다. 가령 이번 게임에서 에이에이에이에이라는 전술을 선택했다면 다음에는 에이에이에이비이를 선택하고, 또 그 다음에는 에이에이에이시이를 선택해서 어떻게든 전쟁의 양상이 아군에게 불리하지 않도록 만들기 위해 애를 썼습니다. 그런 식으로 변수를 아주 미세하게 조정해나가면 상황이 좋아지는 때도 간혹 있었지만 잠깐뿐이었어요. 결과는 결국 마찬가지였습니다. 언제나 그랬습니다."

잠시 말을 끊은 뒤 그는 담배를 꺼내 입술로 깨물고 불을 붙였다. 지포라이터의 날카로운 금속음이 실내를 울렸다.

"의외로 저편에서 우리를 기다리는 건 모두가 간절히 바라는 그것이 아닐지도 모릅니다."

회장 안은 적막뿐이었다. 뭔가가 심상치 않게 돌아가고 있다는 걸 알아차린 것인지, 깡통로봇도 그 순간만큼은 매우 조용했다.

"그럼 절망이란 말씀이군요. 희망이 아니라면."

누군가 웃음기가 적당히 섞인 음성으로 중얼거렸다.

"듣자하니 홍차만큼이나 신해철을 좋아하신다고요."

우주 2함대 키리쉬 유리 엔조 함장이었다. 적들로부터는 푸틴이라는 별명으로 불리는 자였는데, 언제부턴가 우리들 사이에서도 은연중에 그렇게 통용됐다.

"뭐 딱히 생각나는 게 없다면 주로 틀어놓긴 합니다만."

"역시."

엔조는 고개를 끄덕였다.

"그래서 그렇군요. 즐겨듣는 음악만 봐도 취향을 넘어 사고방식까지 알 수 있는 법이죠. 신해철은 대단히 위험한 음악가입니다. 그는 괴상한 사고방식을 가진 자였죠. 선두에서 적진을 향해 항해하는, 제 1함대를 이끄는 제독에게 어울리는 음악은 오직 바그너뿐입니다. 가슴을 뜨겁게 불태우고, 상대가 얼마나 강한가 하는 것 따윈 잊게 만들 정도로 넘치는 에너지가 그 속에 가득 찰 정도로 들어가 있으니까요."

그러면서 그는 혀를 찼다.

"오랜 숙원이었던 승전이 코앞에 있는 마당에 절망이라니요. 사기를 북돋아주진 못 할망정. 적이 나타나면 철저하게 쳐부숴야지요. 다시는 까불어대지 못하도록 말입니다."

2함대장을 따라 견장에 별을 단 장군들이 일제히 재가 늘어진 담배를 입에 물고 홍차가 담긴 찻잔을 손에 든 남자를 향해 성토를 하는 탓에 연회장은 소란스러웠다. 율리케 상철 제독은 아무런 말없이 깊은 잠에 빠져있는 유우529를 손으로 쓰다듬을 뿐이었다. 하루 일정량 잠을 자야 충전이 되는 낡은 시스템이었다. 제독이 소년이었던 시절부터 함께 해온, 이제는 단종 돼버린 로봇 모델이었다.

이후 벌어진 일련의 전투들은 이전처럼 손쉽게 이긴 것은 아니었지만 그렇다고 걱정스러울 정도는 아니었다. 누가 보더라도 승전이라고 인정할 만한 상황이었던 것이다. 율리케 상철 1함대장은 사기를 떨어뜨렸다는 이유로 보직에서 해임이 되어 한직으로 밀려났다. 가까스로 계급은 유지됐지만, 평생을 전쟁터에서만 살아온 자가 데스크톱으로 둘러싸인 상황실 책상에 앉아 보급물자수송을 관할하는 역할을 떠맡게 된다면 어떠한 일이 일어날지는 예상하기 어려운 일이 전혀 아니었다. 출근 나흘째가 되던 날에 제독 스스로 전역신청서를 작성해 총사령부에 제출했다는 소식을 전해 들었다. 전역에 관한 사유는 이제는 좀 쉬고 싶고, 이후엔 행성들을 오가며 사진작가 일을 하고 싶다는 것이었다. 모두가 예상했던 대로 2함대장 엔조가 1함대 함장으로 취임했다. 그가 가장 먼저 한 일은 부관들을 시켜 신해철이 만든 음반들 그리고 홍차를 비롯한 차를 따라 마실 수 있는 도구들을 모조리 갖다버린 것이었다고 한다. 엔조가 새롭게 뽑은, 나와는 사관학교 동기이기도 한 수석부관이 사석에서 한 말에 따르면, 그자는 온종일 바그너만 틀어놓는다고 했다.

구형 깡통로봇은 잠을 자지 않았다. 하루에도 몇 번씩 꼬박꼬박 조는 게 일과였던 것을 누구보다 잘 알고 있는 터였기에 상당히 걱정스러웠다.

"친구."

유우529가 말했다. 어째서 잠을 자지 않느냐는 내 물음에 녀석은 그렇게 대꾸했던 것이다.

"만나러 가야해."

"잠을 자는 일보다 중요해? 친구 만나는 일이?"

"984031."

"뭐?"

"984031."

"알겠어. 그렇다고 쳐. 무슨 뜻인 거야? 그 숫자들은."

"전술 넘버."

나는 어리둥절했다.

"그런 게 도대체 어딨어. 좀 알아듣게 말 좀 해."

"은하영웅전설."

"아아!"

"됐어. 입 아파."

로봇은 귀찮다는 표정을 지었다.

"걔는 어디 갔니? 오늘은 우리가 984031번째 전술을 시도해볼 차례야. 벌써 일주일째 연기되고 말았어. 49년간 하루도 거른 적이 없었는데."

나는 휴가를 떠났다고 말해줬다. 그게 제독의 마지막 명령이었다. 별도로 부탁이 있었다. 자신이 로봇과 매일 둘이서 하던 일을 삼 주일에 한 번씩이라도 대신 좀 해주길 바란다는 것이었다. 난 반드시 지키겠노라 약속했다.

"그런데 친구가 대체 누구야?" 하고 내가 물었다.

로봇은 '어떤 상황'이라고만 대답했다. 내가 인상 쓰는 걸 봤는지, 곧 알게 될 거라고 새침하게 덧붙여주긴 했다.

그날 밤 나는 유우529와 게임을 같이 했다. 바로 그 은하영웅전설이었다. 우리는 최선을 다했지만 곧 수세에 몰렸다. 삽시간에 병력의 대부분을 잃었고 온전한 함선이라곤 찾기 어려웠다. 지휘관이 탄 기함역시 기동이 불가능할 만큼 파괴돼버렸다.

"이제 알겠지." 하고 깡통로봇이 말했다.

"친구의 정체?"

나는 포트로 끓인 물을 머그컵에 붓고서 얼그레이 티백을 푹 잠기도록 담갔다.

"그래."

"여전히 모르겠어."

"그 애는 친구라고 불렀어. 이렇게 되고 마는 상황을." 하고 녀석이 말했다. 그러곤 내 쪽으로 삐걱 소리를 내며 고개를 돌렸다.

"휴가를 떠난 게 정말 맞는 거니?"

나는 눈을 제대로 마주치지 못했다.

"은하영웅전설을 984031번 했어."

음성이 나올 때마다 사운드 앰프에서 불빛이 반짝거렸다.

"친구라고 부를 준비가 됐어."

해변의 모래알 같이

잠에서 깨버렸다는 것을 알고 있었지만, 계속 눈을
감고 있었다. 앞뒤가 바뀌도록 베개를 반대편으로
뒤집어서 머리를 댔는데, 그건 손의 감각만 사용하
면 되는 일이었다. 내가 원했던 것은 온기라곤 조금
도 느껴지지 않는 차가운 감촉이었고, 실제로 분명
하게 그것을 얻을 수 있었지만, 그 상태가 그렇게 오
래 지속되진 않았다. 빠른 속도로 미지근하게 식어
버리는 것이었다. 몇 번을 더 베개를 아예 뒤집거나
그나마 얼굴이 닿지 않은 위쪽이 아래로 오도록 거
꾸로 돌려봤지만 다시 잠이 들기엔 이미 적당한 온
도라고 보기 어려웠다. 그리고 사실 어쩌면 이쪽이
더욱 근본적인 이유라고 할 수도 있을 텐데, 지나칠
만큼 푹신했다.

수화기가 달린 인터폰이 올려진 2단으로 된 소형 선
반 쪽으로 손을 뻗어 핸드폰을 집어 들고서 액정 하
단 쪽 동그란 버튼을 눌렀다. 그 상태로 십 분쯤 더
누워 있다가 몸을 일으킨 다음 화장실로 들어가 비
데가 달린 좌변기에 앉아 오줌을 누었고, 세면대에
붙은 거울 앞에 바로 서서 얼굴과 몸을 비춰봤다. 특
히 가슴의 크기와 유두의 위치가 평소와 똑같은지,
겨드랑이 아래쪽 옆구리 첫 번째 툭 튀어나온 부분
이라고 하는 내 나름의 기준점을 가지고서 그것을

가늠했다. 거울에서 시선을 뗀 뒤에 고개를 숙여 양쪽 가슴을 번갈아서 살폈는데, 왼쪽 젖꼭지의 색깔 때문이었다. 그것은 하루도 빼놓지 않고 좋든 싫든 매일 같이 보게 되는 내 자신의 몸이었으므로 어딘지 평상시와 다르다는 것쯤은 한눈에 바로 알았다. 크기나 모양이 그대로였고, 손끝으로 지그시 눌러봤을 때 말캉한 정도에서도 다른 점을 느끼지 못했다. 그러나 색깔만은 그냥 지나치는 것은 불가능할 정도로 이전과는, 그리고 오른쪽 것과는 확연히 달라져 있었다.

한 팔로 가슴을 가린 채 커튼을 반쯤 걷은 뒤에 팔걸이 의자라고 해야 좋을지, 아주 작은 소파라고 해야 좋을지 모를 뭔가에 올라가 다리를 가슴 쪽으로 바짝 끌어안고 앉아 창밖을 내다봤다. 해안도로를 따라 이동하는 형광색 유니폼을 차려입은 사람, 그와 함께 속도를 줄인 채 움직이는 수거용 소형 트럭, 불 꺼진 가로등, 야자수, 어둠에 뒤덮인 해변이었다. 아마도 해변 너머로는 별로 위력적이진 않을 것 같은 파도가 있을 것이다. 그 외의 것들에 관해서는, 지금 저것이 무엇이다, 라고 단정적으로 말하기엔 14층이라는 층수는 너무 높았다. 한밤중인 시간대는 지났다고 해도 바깥은 아직 어두운 상태였고 많은 것들이 불분명했다. 단지, 어느 곳이든 청색 빛이 살짝 감도는 이 시간만의 독특한 컬러를 띤 어떤 창백한 기운으로 가득 차 있다는 것만큼은 확실히 느낄 수 있었다. 랩톱을 부팅시킨 뒤 바탕화면에 항상 띄어놓고 있는 워드프로그램 쪽으로 화살표로 된 마우스커서를 옮겨와 패드 위를 검지로 톡톡, 하고서 가볍게 두 번 두드렸다.

음악 스트리밍서비스 사이트에 접속해서 넬의 시간을 걷는 기억, 엑스재팬의 라 비너스, 일루비움의 돈겟 애니 클로저와 헤피니스, 이렇게 네 곡이 정해놓은 순서대로 나오도록 배치한 뒤 재생시켰다. 라 비너스가 끝나고 일루비움이 만든 곡이 시작되기 바로 전에 블루투스 헤드폰을 랩톱과 연결시켰다. 음악을 틀어놓은 동안에 내 양손은 주로 자판 위에 놓여 있었고 시선은 에이포 종이 같은 워드창을 향해 고정돼있었다. 유일한 움직임이라곤 상단 첫째 줄에서 일정한 간격으로 나타났다가 사라지기를 반복하는, 어떻게 보면 마치 하얀 우주에 혼자 떠있는 검은 별 같은 커서뿐이었다. 그것만이 반짝거리며 빛을 내고 있었다. 나는 문득 내 가슴 쪽으로 시선을 돌려 그 위에서 반짝이는 한 개의 핑크색 젖꼭지를 응시했다.

난 재생 목록에서 돈 겟 애니 클로저와 해피니스만 남겨놓고 나머진 지운 뒤에 키보드 위에서 양손을 뗐고, 대신 팬티 속으로 손가락을 집어넣어서 자위를 조금 했다. 젖꼭지를 압박하듯이 누르거나 손가락 사이에 끼고 돌리는 것으로 성적인 쾌감을 얻는 편이 보통 때는 아니었는데, 이전에도 꽤 여러 번 해봤지만 내 경우엔 별로 효과가 없는 것 같아서였다. 그렇지만 왠지 지금이라면 다를 수 있겠다는 생각이 들었고, 무엇보다도 핑크색 유광 페인트를 물을 전혀 타지 않고 두껍게 칠해놓은 것 같은 젖꼭지를 충분하게 만지고 싶다는 충동이 강하게 일어나서 한 손은 왼쪽 가슴에 계속해서 올려놓고 있었다. 나직하게 노래를 부르는 남성의 목소리가 전자건반 악기 연주와 겹쳐져 스테레오사운드로 헤드폰 속에서 울렸다.

조식 뷔페 입장권을 지갑 사이에 끼워 넣고 숙소에서 나와 사방을 둘러본 후 마음이 내키는 쪽으로 향했다. 어차피 정해놓은 곳은 없었다. 샌들을 끌며 주위를 두리번거리다가 어느 한쪽에서 조그마한 뭔가가 반짝이는 것이 보여서 대충 그쪽으로 방향을 잡았다.

나름의 목적이 있다곤 해도 아무튼 모처럼 혼자서 온 여행인데다 비록 원했던 것은 아니라 하더라도 아주 일찍 눈이 떠졌기 때문에 작업시간 이외엔 커피포트에 물을 붓고 스위치를 올린다거나 유튜브의 견고한 알고리즘 속에 들어가 버린다거나 리모컨을 손에 움켜쥐고 텔레비전 채널을 이리저리 넘기는 일 같은 것을 하며 룸 안에서만 머무르는 게 아깝게 느껴졌다. 오히려 좀 걷다보면 괜찮은 아이디어가 떠오를 수도 있겠다는 생각도 있었다. 애초에 어디로 향하는 길인지는 모르다가, 얼마간 나아가다보니 내가 걷고 있는 이 길이 해변 쪽으로 깔린 보도블록이라는 것을 자연스럽게 깨달았다. 그것을 알 수 있게 해주는 것들이 눈앞에 있었고 귓가에 들려왔다.

파도 소리가 점점 가까워졌다. 대체로 잔잔하고 고요한 편이었지만 이따금씩 아주 센 바람이 한 번씩 휘몰아치듯이 불어와 티셔츠 속으로 모래가루 같은 것들이 들어왔다. 간혹 어떤 것은 브래지어 안으로까지 파고들어왔다. 그런 것쯤 별로 대수로운 일이 아니었고, 나는 청색 빛이 은은하게 감도는 꽤 단단한 밀도를 가진 짙은 기운 속으로 한 걸음씩 천천히 나아갔다. 그것은 희미하게 안개가 낀 이른 아침 시간대의 공기와는 일면 비슷하면서도 좀 달랐다.

샌들 밑으로 보도블록의 딱딱함 말고도 다른 무언가가 슬머시 끼어든 것 같은 촉감을 느꼈다. 그것은 이내 샌들 위쪽에서도, 그러니까 양말을 신지 않은 발밑에서도 느낄 수 있었는데, 작은 모래 알갱이였다. 처음엔 무시하고 걸었는데 나중엔 신경이 쓰일 정도가 돼버렸다. 양이 많아진 것도 물론 있었지만 개중엔 너무 뾰족해서 당장 밖으로 내보내지 않고는 못 배기게 만드는 것들도 섞여있었다. 난 잠시 걸음을 멈춰 샌들을 벗어 모래 알갱이들을 손으로 쓸어 밖으로 내보냈다. 그중 몇 개를 집어 손가락 위에 올려놓은 다음에 눈앞으로 가져와 유심히 들여다봤다. 어느 것이든 그냥 아무 모양이라고 해도 좋았고, 훅하고 부는 가벼운 바람에도 멀리 날아갈 만큼, 그래서 일부러 말할 것도 없이 아주 작았지만 그래도 자세히 보면 다른 비슷해 보이는 것들과 구분을 지을 수 있을 만한 분명한 형태를 각각의 알갱이가 갖추고 있었다. 어쩌면 자신만의 고유한 이름을 하나씩 가지고 있는 것인지도 모른다. 나는 저 멀리서 반짝이는 것을 정면에 두고 앞으로 계속해서 걸었고 한 번씩 도중에 멈춰 서서 샌들을 탁탁 털었다.

보도블록이 끝나는 지점에 다 와서는 잠자코 서서

눈앞에 펼쳐져있는 것들을 바라봤다. 온통 드넓은 모래사장이었고 그 너머엔 바다였으며, 그 둘 사이엔 파도가 밀고 밀리는 치열한 전투가 벌어지는 최전선마냥 짧은 매 순간마다 경계가 새롭게 그어지고 있었다. 보도블록 대신 모래가 깔린 완전한 해변에 도착한 것과 어떠한 방해나 소음도 없이 파도 소리를 헤드폰 스테레오사운드 정도완 비교도 되지 않을 만큼 생생하고 온전하게 들을 수 있다는 점, 그리고 마음만 먹는다면 바닷물 속에 금방이라도 샌들을 신은 상태로 발을 담가볼 수 있다는 것이 나를 들뜨게 만들었지만 한편으론 이제까지 보이던 반짝이는 것은 더 이상 보이지 않아 좀 아쉬운 마음이 들었다. 대단한 기대 같은 걸 했던 것은 당연히 아니었으므로 당황스럽거나 허탈한 수준까지는 아니었지만 어쨌거나 뭔가가 있기는 할 줄 알았다. 어둠을 뚫어버릴 만큼의 강력한 빛을 내뿜는 무엇인가가 이곳에 있는 것인 줄로만 알았던 것이다. 다시 한번 마음을 가라앉히고 주위를 둘러봐도 아무것도 보이지 않았고, 어디에도 나를 이곳까지 오게 만든 반짝거리는 물체 따윈 존재하지 않았다.

해변이 본격적으로 시작되는 그 지점에서 겨우 한 발짝만을 남겨둔 채 제자리에, 그러니까 아직까지도 보

도블록 위를 밟고 서 있었다. 그러다가 왜 그런 것인
지는 모르지만 스르르 하고서 눈이 감기고 말았는데
그 상태로 한동안은 움직이지 않고 가만히 있었다.
양팔을 땅바닥을 향해 축 늘어뜨리는 기분으로 어깨
에서 힘을 뺐고 바람이 강하게 부딪쳐올 적에만 다리
에, 특히 발가락에 힘을 집어넣어 몸의 균형을 잡았
다.

또다시 아주 강한 바람이 연거푸 서너 차례 불었을
때, 나는 귓가에 일고 있는 소리가 꼭 사람의 목소리
같다고 생각했다. 하지만 바람이 멎은 다음에도 여
전히 마치 장난기 많은 동네 꼬맹이가 좀처럼 알아
듣기 힘들 만큼 불분명하게 웅얼거리고 있는 듯한
음성을 들을 수 있었다. 나는 주위를 둘러봤다. 해변
에는 그 누구도 없었다. 나는 한 발을 앞으로 내딛었
다. 그러고선 남은 한 발도 마저 보도블록에서 뗐다.
모래 속에 샌들 밑창이 푹 묻혔지만 걷는 데에는 아
무런 문제가 없었다. 발가락 사이사이에 모래 알갱
이들이 들어왔다. 난 허리를 숙여 부드러운 모래 사
이로 손을 집어넣었다.

"믿을 수 없군. 이렇게 간단히 들어올 수 있다니."

이번엔 음성이 또렷하게 들렸고 대강 어디쯤인지 위

치도 가늠이 됐다. 난 소리가 난 쪽을 쳐다봤지만 그 누구도 보이지 않았다. 주위는 여전히 온통 모래사장이었을 뿐이다. 파도가 밀려왔다가 빠지는, 상당히 먼 지점까지 시선을 던지며 고개를 이리저리 돌려도 마찬가지였다.

"이봐, 이쪽이야. 에에 그러니까, 가급적이면 좀더 밑을 봐야 한다구."

그 말을 듣고서 내가 막 움직이려 들었을 때, 그 정체모를 자는 서둘러 한 마디를 덧붙였다. 방금보다 음성이 훨씬 높았다. 아마 확실하진 않아도 두 손을 황급하게 내저으며 말하는 중인 것 같았다.

"잠깐만 기다려. 미리 말해두지만 나를 보고 너무 놀라지는 마. 괴물 같이 보이겠지만 괴물이 절대로 아냐. 오히려 그 반대지. 바다와 육지 사이에서 경계선을 지키는 수호신 같은 존재라고 할 수 있지. 그래도 마음의 각오쯤은 돼있어. 인간들은 맹수나 몬스터들을 만화 같은 걸로 볼 땐 실컷 깔깔대고 신나하면서 실제로 만나게 되면 뜨거운 오줌을 지리곤 하니까. 앙증맞고 귀여운 포켓몬스터라고 해도 예외는 될 수 없어. 개들을 직접 보게 된다면 절대로 스스럼없이 다가가 가시가 달린 머리를 쓰다듬어줄 수 없을 테니까. 그 녀석들이 귀여운 건 프리즘 종이카드와 티브이용 만화영화와 비디오게임에서뿐이라는 걸 알았으면 해. 그러니 자신 없으면 그냥 눈을 감은 채로 얘기만 해도 돼. 쉽게 말하자면 아무것도 발견하지 못한 상태에서 간단한 용건 정도만 서로 주고받는 거지."

나는 그쪽으로 눈길을 줬다. 분명히 뭔가가 바로 내 앞에 있기는 한 것 같은데, 그게 꼭 무엇이라고는 콕 집어서 말하기는 무척 어려웠다.

"넌 용감하구나."

그가 입을 조금 벌린 채 놀란 표정을 지으며 나를 쳐다보고 있기라도 한 것 같았지만 그건 사실 어디까지나 나 혼자만의 추측에 지나지 않았다. 턱을 떨어뜨린 채 헤에, 하고 입을 벌리지 않는다면 아마도 도저히 나오기 힘든 목소리였던 것이다.

"보나마나 괴물이 틀림없다고 생각하고 있는 중일 테지."

"아니야."

맞더라도, 그리 위협적인 괴물은 되지 못할 것 같다. 모래알들이 작은 덩어리처럼 뭉쳐져 마치 어린

애가 손장난을 한 것 같은 뭐라고 이름 붙이기가 어려운 추상적인 형태를 이루고 있을 뿐, 얼굴의 필수 요소라고 할 수 있을 만한 눈, 코, 입 따윈 하나도 달려있지 않았다. 그는 먼저 자신을 해변에 사는 검은 파도 모래알 정령이라고 차분히 소개한 뒤에 이름은 무카무카라고 덧붙였다.

"무카무카만 기억하면 돼."

난 그 이름을 듣고는 어린애들이 손에 쥐고서 하나씩 비닐을 벗겨먹는 어른 손가락 사이즈만한 스트링 치즈를 떠올렸다.

"내 이름을 들어본 적이 한 번이라도 있는지 궁금해."

"안 그래도 어디서 들어본 것 같다는 생각이 들었던 참이었어." 하고 내가 말했다.

"모래요정 바람돌이는 확실히 알고 있겠지."

"물론이야."

"역시. 그 녀석 얘기를 꺼내면 뭔가 통할 줄 알았지."

모래 덩어리 일부가 으쓱, 하고 움직였다.

"이런 말하긴 여간 창피한 일이 아닐 수 없지만, 걔

는 우리들의 동족이야. 식상한 비유이긴 한데, 아주 아주 먼 친척쯤 되는 셈이야."

"그렇구나. 왠지 그럴 것 같았어."

"누가 더 잘생겼는지 한번 말해봐. 물론 비교할 수도 없이 내가 훨씬 더 낫겠지만."

"훨씬 나아. 진심이야."

"이미 지나간 옛날 일을 꺼내 들어서 좀 미안하지만, 그 당시에 바람돌이라는 촌티 풍기는 이름을 본명 그대로 사용하기로 결정한 것을 두고서는 방송국으로서도 피치 못 할 사정이 있는 것이겠구나 하고 심호흡 크게 한 번 하고서 봐줬었지만, 외모를 그런 식으로 보정 하나 없이 그대로 내보내기로 했던 건 도저히 용서할 수 없었어. 허기진 두꺼비 같은 초췌한 몰골에, 낡고 해져서 심지어 구멍도 뚫려있는 벙거지 모자라니. 게다가 모든 어린아이들이 텔레비전 앞에 모여 있는 황금시간대에 그 만화가 전국에 방영이 된다는 걸 우리들이 알게 됐을 땐 다들 놀라서 까무러칠 정도였지. 그중에서 특히 우리 용맹하고 수준 높은 검은 파도 모래알 정령들은 모래를 사방에 흩날리면서 심하게 화를 냈었다구."

"몰랐어. 그런 일이 있었는 줄은."

내가 말했다.

"근데, 모래요정이 나오는 만화를 본 적은 한 번도 없어. 아라키스라고 하는 행성에 살고 있는 입 큰 모래괴물은 아이맥스 영화관에서 본 일이 있어도."

"그래도 제목은 들어봤을 거 아냐. 모래요정 바람돌이."

그러면서 갑자기 무카무카는 이상한 노래를 불러댔다. 옆구리 쪽으로 즉석해서 모래알들이 엉겨 붙더니 양팔이 생겨났고, 양손을 허리에 댄 상태로 아주 커다란 목소리로 부르면서 반동이라도 주듯이 연신 몸을 좌우로 흔들었다. 가사를 전혀 모르기 때문에 따라 부를 수도 없는 노릇이었고, 하여튼 간에 그가 노래를 다 부를 때까지는 잠자코 곁에서 기다리는 수밖엔 없었다.

"끝났어?"

"이제 알겠지? 되게 유명하니까."라고 하면서 무카무카는 멜로디를 좀더 흥얼거렸다.

"음, 사실대로 말하면 좀 실망하게 되겠지만, 모래요정의 이름이 바람돌이였다는 건 오늘 처음 알았어. 바람돌이, 그 이름만 달랑 쪽지 같은 것에 적어서 내게 보여줬더라면 난 아마도 고속도로 휴게소에서 파는 소용돌이 모양을 한 얇은 감자튀김이나 핫도그인줄 알았을 거야."

"말도 안 돼. 모든 인간이 다 아는 만화영화를 모른다고 하는 건 완전히 거짓말이야."

"그것 봐. 실망할 거 같았어."

"에헴, 이럴 때마다 난 세상이 바뀌었다는 걸 새삼 느끼게 돼." 하고서 그가 구부정한 자세로 아마도 사람으로 치면 어깨에 해당할 것 같은 덩어리를 축 늘어뜨리며 혼잣말처럼 웅얼거린 뒤에 "아무튼 훨씬 낫지?"라고 내게 물었다. 난 힘껏 고개를 끄덕여 보였다.

"그럼 나를 직접 만나본 소감을 듣고 싶은데. 되도록 자세하고 구체적으로."

그는 잔뜩 기대하는 눈치였지만 난 소감 같은 걸 말하기 전에 일단 주변부터 찬찬히 둘러봤다.

"역시 그런가. 하긴 조금 이상했었어." 하고서 주위를 둘러본 뒤에 내가 말했다.

"뭘 중얼거리는 거야."

"어쩌면 꿈일 수도 있겠다는 생각이 얼핏 들긴 했었 거든. 평소와 달라져버린 점도 있었으니까."

"꿈이라고?"

"그래. 꿈."

"그러니까 넌 우리의 만남이 꿈이라고 생각한다는 거구나."

"무카무카."

"맞아. 그게 내 이름이지."

"좀 괴상하긴 하지만 발음해보면 제법 재밌는 이름 이야. 무카무카, 무카무카. 잠에서 깨어나게 되더라 도 네 이름 정도는 계속 기억났으면 좋겠어."

"영광인걸."

그는 머리 쪽으로 손을 올리고서 고개를 조금 숙여 보였다.

"너도 잠이 오지 않았던 거니?" 하고 내가 물었다.

"아니. 낮잠을 자는 중이었어. 바로 조금 전까지도."

"그럼 내가 해변에 도착했을 때쯤에 깨버렸던 거야?"

무카무카는 내가 묻는 말에 바로 대답하지 않았고 대신 뭔가에 관해 골똘히 생각하는 것 같았다. 신기하게도 표정 같은 것이 모래 덩어리 위에 전부 드러나 있었다.

"꿈을 꿨어. 핑크색 빛을 가진 별이 아주 가까이에 있었어. 조금만 더 힘 줘서 팔을 뻗으면 닿을만한 거리처럼 느껴졌던 거야. 여태껏 수많은 별들을 봐왔지만 컬러가 핑크였던 경우는 처음이었던 것 같아. 그런 별이 이 세상에 존재한다는 게 도무지 믿기지 않아서 그 핑크색 빛 쪽으로 전속력으로 뛰어갔어. 꿈속에서도 현실과 다르지 않았지. 불어오는 바람을 계단처럼 밟고 한 층 한 층 점프해서 올라갈 수가 있었거든. 그래서였을 테지만, 너무 현실감이 있어서 그게 꿈인지조차 몰랐어."

그는 먼저 고개를 조금 흔든 다음에 하던 말을 계속 이어갔다.

"잠에서 깨어났을 때, 반팔 티셔츠와 샌들 차림의 어떤 여자애가 우리들의 세상에 벌써 들어와 있다는 걸 알았어. 이곳에 놀러온 누구나 비치파라솔이 세워진 해변을 밟을 수는 있어. 얼마든지 말야. 얼굴만 내놓고 젖은 모래들을 사용해서 온몸을 뒤덮어버릴 수도 있는 것이지. 그런 건 아주 쉽고 간단해. 하지만 우리들이 모여 사는 은밀한 공간에 아무렇지 않게 발을 들여놓는 건 얘기가 전혀 달라져."

"처음부터 이곳에 오려고 했던 건 아니었어." 하고 내가 말했다.

이제는 어느 곳이 얼굴이고 눈과 입도 대충 어디쯤이라는 걸 알 것만 같아서인지는 몰라도, 무카무카가 이마에 주름이 지도록 눈을 치켜뜨고 나를 쳐다보고 있는 것만 같았다.

"단지 무언가가 반짝이고 있는 쪽으로 방향을 정하고 천천히 걸었을 뿐이야."

"정말 그뿐인 거니?" 하고 그가 물었다.

"뭐가 더 없어서 미안해."

무카무카는 고개를 세차게 좌우로 흔든 다음에 제자리에서 빙그르르 한 바퀴를 돌았다. 그러자 모래바람이 일었다. 어느새 그의 표정이 바뀌어있었다.

"기분이 좀 나아진 거니?"

"우리는 둘 다 실패했어."

그는 신이 난 것 같았다.

"너는 이곳에서 뭔가 반짝이는 걸 찾지 못했고, 난 꿈 속에서 봤던 핑크색 별을 아직까지 만나지 못했지."

해변에 머무르는 동안에 무카무카는 내 곁에서 주로 모래바람을 일으키며 춤을 추었고 노래를 불렀다. 모래 위에 누워 바람을 맞으며 하늘을 바라보다가 별안간 아무런 소리가 들리지 않는 것 같이 느껴져서 몸을 일으켰을 땐, 어디서도 그를 볼 수 없었다. 무카무카, 하고 여러 번 이름을 불러봤지만 다시 나타나지 않았다. 날이 점점 밝아오고 있었고, 그래서 아까까지만 해도 보이지 않았던 것들이 보이게 되었고, 불분명했던 많은 것들이 선명해지고 있었다. 숙소로 돌아오는 길에 문득 뒤를 한번 돌아봤는데, 저 멀리 보도블록이 끝나는 지점 쪽에 무언가 빛나는 것이 있었다.

젖은 머리를 드라이기로 말린 다음에 해변 쪽을 향한 유리창 앞에 앉아 랩톱을 무릎에 올려놓고서 자판 위에 양손을 올렸다. 키보드 위에서 아주 작은 뭔가가 만져졌고 난 그것을 손가락에 붙여서 눈앞으로 가져왔다. 머리카락을 쓸어 올리자 그 안에 숨어 있던 모래알들이 키보드 위쪽으로 떨어졌다. 워드프로그램 화면에는 검정색 커서가 반짝거렸고, 머리에 쓴 헤드폰에서는 파도 소리가 들려왔다.

버스에 타자

여자 쪽은 줄이 길었는데, 꽤 멀리 떨어져있는 이곳까지 그 광경이 한눈에 들어올 정도였다. 반면에 남자 쪽은 한산했다. 출입문 앞에 줄 같은 건 보이지 않았다.

공중 화장실을 다녀온 다음 마실 거나 먹을거리라도 좀 사서 회사 버스에 올라타면 되겠다고 생각했다. 그간 잔뜩 긴장했던 게 서울로 올라가기 전에 두 시간 정도 머문 이곳에서 다 풀리는 느낌이었다. 희망한 부서에 못 들어간다 해도 뭐 어쩔 수 없는 거겠지, 라는 생각을 문득 하게 만들 만큼 날씨가 좋았다. 핑크색 솜사탕을 자그마한 손에 쥔 꼬마가 나를 툭 치고 지나갔고 아이의 보호자로 보이는 남자가 내 쪽으로 즉각 고개를 숙여 보였다. 유명 관광지답게 어딜 가나 놀러온 사람들로 가득했다.

줄 서서 기다리고 있는 사람 중에는 그 여자도 있었다. 6조 1번 초코님. 브레드이발소라는 텔레비전 만화영화에 등장하는 경리 이름에서 가져왔다며 첫 모임에서, 합숙 기간 동안 사용할 스스로 지은 별명을 소개하는 시간에 그렇게 말했던 게 기억난다.

그녀 자신의 차례가 되려면 아직 멀어 보였다. 가만

히 서서 어느 한 곳만 응시하고 있었다. 나흘 동안, 그리고 오늘 오전까지 나는 그녀와 같은 조에 편성돼서 연속해서 주어지는 미션들을 함께 수행해나갔다. 나는 그녀를 초코님이라는 호칭보다는 조장님이라고 부르는 게 편했다. 특히 나 자신을 비롯한 남자 신원사원들이 그렇게 부르는 걸 선호했던 것 같다. 첫째 날, 하루 일과가 끝나고 저녁까지 먹은 후에 모든 조원이 다 같이 리조트 라운지에 맥주 한 병씩을 손에 들고 둘러앉아, 우리 중 몇몇은 초코님보다는 조장님이라는 호칭을 더 편하게 느끼는 이유에 관해, 라는 주제로 미니토론을 펼치기도 했었다. 아무튼 우리들이 조장님이라고 부를 때마다 그녀는 양손을 모아, 제발 초코라고 해주시면 안 될까요, 하며 미소 띤 얼굴로 사정했다.

그녀의 미소는 우리 6조의 트레이드마크였다. 미션 수행 결과가 썩 좋지 않아서 다들 축 늘어져 풀이 죽어 있을 때, "아이스크림 쏠게요!" 혹은 "끝말잇기 해요!" 하며 한쪽 팔을 번쩍 들곤 했다. 그렇지 않으면 오히려 한술 더 떠서 "씨발, 못해먹겠네."라고 해서, 깜짝 놀란 나머지 고개가 자동으로 번쩍 들리게 만들기도 했다. 사흘째 점심식사 무렵부터 초코님이라고 불렀던 것 같다.

모르는 체 그냥 지나치기가 뭣해 난 그녀에게 간단
하게 눈인사 정도는 하려고 해봤지만 타이밍이 잘
맞지 않았고, 그대로 그 앞을 지나쳐 화장실 문을 열
고 들어갔다. 안에는 어떤 여자들이 있었다. 일일이
세어본 것은 아니지만, 좁은 공간이 거의 꽉 찰 정도
였으니까 아마 대략 여섯, 일곱 명쯤 되었던 것 같
다. 몇몇 사람들과는 눈도 마주치고 말았는데, 하나
같이 나를 본 체 만 체했다. 그들은 남성용 소변기에
발뒤꿈치가 닿을 듯이 서서 핸드폰을 하거나 팔짱을
낀 채 하나뿐인 칸막이를 향해 줄을 서 있었다.

벽면에 부착된 소변기 세 대는 깨끗하게 비어있는
상태였다. 남자들은 화장실 안으로 잠시 발을 들여
놨다가도 주위를 잠깐 둘러보고는 도로 밖으로 나가
버렸다. 오히려 내가 이 안에 아직 있는 게 이상하다
는 눈빛을 보내온 남자도, 어쩌면 오해일지는 몰라
도, 있었다. 나는 문을 닫고 들어선 자리에서 꼼짝하
지 않고 한동안은 가만히 서 있었다.

나는 맨 좌측에 있는 남성용 소변기 쪽으로 걸음을
옮겼다. 그러자 사람들이 모두 조금씩 움직였다. 반
의 반 걸음 정도씩이었을 것이다. 딱 한 사람이 차려

하고 서면 알맞을 만큼의 자리가 비워진 게 눈에 들어왔다. 사람들 틈바구니에서 난 최대한 소변기에 바짝 붙어 서서 바지 지퍼를 내린 후 팬티에 손을 집어넣었다. 속으론 버스에 타자, 버스에 타자, 버스에 타자, 하고 쉴 새 없이 중얼거렸다.

오줌이 나오지 않았다. 한참을 서 있어 봐도 마찬가지였다. 대신에 난 어떤 소리를 들었는데, 칸막이 안쪽에서 나고 있었으므로 그것은 분명히 오줌 소리일 거라고 짐작했다. 칸막이 문이 열리는 소리가 난 뒤에는 방금 들었던 것과 거의 비슷하지만 어딘가는 차이가 느껴지는 소리가 났다. 세기와 가늘기, 음의 높낮이 같은 게 미묘하게 달랐던 것이다. 그러는 동안에도 누군가 새롭게 화장실 안으로 들어와 나와 엉덩이가 거의 맞닿을 듯이 섰다.

화장실 출입문이 열리고 닫히는 소리가 났다. 거의 들리지 않을 만큼 발소리가 작았다. 매우 주의를 기울이고 있는 것 같았다. 줄을 벗어나지 않으면서도 가급적 내가 있는 지점에서 최대한 멀리 떨어져 있으려고 노력하는 게 느껴졌다. 이때까지와는 확실히 조금 다른 기척이었던 것이다. 나는 힐끔, 하고서 곁눈질로 그쪽을 쳐다봤다. 초코님이 바로 내 등 뒤에서 칸막이를 향해 돌아서있었다. 팔을 다 뻗지 않아도 충분히 닿을 수 있을 만한 거리였다. 혹시 아닐 수도 있겠지만, 작게 숨소리가 들렸다.

그녀는 자신의 차례가 오자 침착하게 칸막이 문을 열고 안으로 들어가 문을 걸어 잠갔다. 화장실 안은 여전히 사람들로 가득 차 있었지만 어느 누구도 대화를 나누거나 전화통화를 하지 않았다. 공기는 바닥에 착 가라앉아있는 듯했다. 아주 작게 바스락거리는 소리도 신기할 만큼 크게 울렸다. 지나칠 만큼 너무 조용해서 집중이 잘 안 되는 독서실 같았다. 어쨌거나 나는 칸막이 안에서 나기 시작한 소리를 들으며 다시 한번 오줌 누는 것을 시도했다.

예상치 않게 화장실에서 상당히 지체해버린 탓에 시간이 거의 다 돼버리긴 했지만 서둘러 먹을 걸 좀 사서 회사 버스에 올라탔다. 빈 좌석을 찾아 두리번거리던 중에 누군가 빨강머리님, 하고 불렀다. 그녀가 맨 뒷줄 창가에서 날 향해 손을 흔들어줬다.

버스가 출발했고 완전하게 닫히지 않은 창문 틈으로 바람이 들어왔다. 부드럽고 온기가 느껴지는 바람이었다. 그녀가 창문을 조금 더 열었다.

그때랑 별로 변한 게 없네

사람들 사이에 섞여 보행자 신호등에 초록색 불이 들어오길 기다리는 동안 여훤이의 인터뷰가 실린 웹진을 읽었다. 주위가 일제히 움직이는 느낌이 들었고, 나도 따라서 걸음을 앞으로 내딛었다. 문득 핸드폰에서 눈을 떼고 고개를 들었을 때 컨템포러리미술관 건물 외벽엔 아주 커다랗게, 젊은 작가상을 수상한 사람들의 이름과 이번 전시 주제와 기간 등이 프린트된 현수막이 시야에 들어왔다.

이곳에 올 일이 생기면 종종 갔었던, 도서관 옆 담벼락 쪽 골목길에 있는 가게에 잠시 들러 커피를 주문했다. 안쪽 테이블에서, 누군가 내 이름을 작은 소리로 부른 것 같아서 그쪽으로 슬쩍 고개를 돌렸는데, 그 애였다.

"너한테 가는 길이었어."

난 그 애에게 꽃다발을 건넸다.

"진짜?"

"여기서 이러고 있는 줄 알았다면 한 잔만 시키는 거였는데."

"실망시켜서 미안하네."

그 애는 장난스런 표정을 짓더니 이내 그 꽃을 도로 내 품에 안겼다.

"너무 대단해! 젊은 작가님."

여휜이는 자신의 일행을 내게 소개시켜줬다. 그중에 그 애 바로 옆자리에 앉은 어떤 남자는 우리들과 예중, 예고 동기였다. 솔직히 말해서 그 동기라는 아이의 얼굴이나 이름 둘 다 기억나지 않았다. 그 동기는 나를 잘 알고 있다며, 수상을 축하한다고 말해줬다. 나는 먼저 가서 구경하고 있겠노라고 말한 뒤에 커피를 들고 밖으로 나왔다.

처음 가보는 갤러리였다. 직접 가본 일은 없다고 하더라도, 이쪽 방면으론 규모가 아주 작다고 하더라도 어디선가 주워듣기라도 해서 관련한 정보를 어느 정도는 대략이나마 알고 있는 편인데, 열심히 뒤져봐도 기억 속에 아무것도 저장돼 있는 게 없었다. 아무튼 이쪽으로 가는 게 맞나, 싶을 정도의 폭이 좁은 골목을 계속 걸었고, 내 느낌으론 더 이상 가보는 건 무리인 것 같은 지점에 다다라서야 한옥으로 지어진 가정집과 정면으로 마주한 채 전면이 유리로 된 한 아담한 가게에 도착할 수 있었다. 외벽 안내판에 표기된 작가 이름과 전시 주제를 먼저 확인한 뒤에 가까이 그곳으로 다가가 가게 안을 들여다봤다. 유리창 안쪽으로는 이미 웹진에서 훑어봤던 작품들이 걸려있었다. 손에 리플릿을 들고서, 그것들을 두세 걸음 정도 떨어져서 응시하고 있는 사람들이 있었다.

이십 분쯤 지나서 그 애가 왔다. 그 남자 동기도 함께였다. 카페에서 테이크아웃해서 가져온 커피를 그 애는 일부러 내 쪽으로 들어보였다. 내가 되도록 천천한 걸음으로 그리 넓다고는 볼 수 없는 공간을 돌아다니며 벽에 걸린 사진들을 한 번에 하나씩, 꽤 긴 시간 동안 보는 동안에 여휘이는 어떤 말도 걸지 않았고 어떤 설명도 해주지 않았다. 몇 걸음 정도 거리를 유지한 채 나를 가만히 내버려뒀지만 그렇다고 해서 그 애가 그 사이에 다른 무언가를 하고 있는 것은 아니었다. 이를 테면 간간이 자신을 찾아온 지인들을 아주 반갑게 맞이했지만 인사말 그 이상의 대화는 이어가지 않았고, 사진을 찍게 작품 앞에서 포즈를 잡아달라는 제안에도 조금만 있다가 하면 안 될까요, 하며 친절하게 거절했다. 그 애는 메인 공간 중앙 쪽에 말없이 서서 이따금씩 가볍게 뒷짐을 지어가며 내가 응시하는 쪽을 계속해서 함께 바라봐 줬다. 다 둘러보고 나서 그 애가 있는 쪽으로 고개를 돌렸을 때, 여흰이가 미소를 지으며 "그때랑 별로 바뀐 게 없네."라고 말하는 것이었다.

꽃다발 여러 개와 필름 카메라 두 대가 나란히 놓여 있는 응접용 원형 테이블에 여흰이와 나 그리고 동기생까지, 우리 세 사람은 둘러앉아 케이크를 한 조각씩 잘라서 접시에 덜어 먹었고 알코올이 들어가 있지 않은 것이라고 하는 멜론 칵테일을 한 잔씩 하며 이런저런 얘길 나눴다. 사진작가들이 많이 사용하는 카메라에 관해서와 필름 카메라가 디지털 카메라와 어떤 차이가 있는지에 관해서였고, 오랫동안 페인팅을 해왔던 경험이 포토그래피 작업에 자신도 모르게 미치는 영향에 관해서와 고등학교를 졸업한 이후 그동안 어떻게 지냈는가에 관해서였다.

내가 가게 밖으로 나왔을 때, 큰길이 나오는 곳까지 바래다주겠다며 여흰이가 뒤따라 나왔다.

"있잖아, 조금 전에 케이크를 먹으면서 그런 가정을 한번 해 봤어." 하고 내가 말했다.

"궁금하네."

"우리가 같은 대학에 들어갔었다면, 이라고 하는 꽤 그럴 듯한 가정."

그 애는 처음엔 웃었고, 그런 다음엔 그것을 가능성
이 아주 희박한 상상이라고 말했다.

"충분히 있을 수 있는 일이었어."

"아무나에게 주어지지 않는 기회를 포기해야 하는
일이었겠지."

"그래."

"낮춰서 진학하기엔, 그러기에는 넌 너무 불공평할
정도로 잘 그렸어. 맨날 같이 놀았으면서. 그리고
너가 만약 허튼 짓을 하려고 했어도 선생님들이 절
대로 가만두지 않았을 거야. 누군가는 반드시 우리
학교의 전통과 체면을 살려야 하는 법이니까."

"만약 그랬다면, 많은 게 달라져 있을 거야. 예를 든
다면 이렇게 사이를 떼어둔 채가 아니라 예전처럼
손을 잡고 길을 걷고 있겠지."

그 애는 별다른 대꾸를 해주지 않았다. 대신 "이쪽"
이라고 하며 앞장섰다. 우리는 카페 앞을 지나서, 그
곳이 더 이상 보이지 않을 만큼 떨어지는 동안에 서
로를 향해 아무런 말을 하지 않았다.

"별로 그렇지 않을지도 몰라. 우리가 같이 들어가게

되었더라도."

이윽고 여훤이가 입을 열었다.

"새로운 사람들을 알게 될 테고, 그 중 누군가에게 매력을 느끼고 관심이 생기는 것은 어떻게 보면 자연스러운 일이 되겠지. 끝내자는 말을 누가 먼저 꺼내게 될지는 가늠하기 힘들어. 우리 둘 다에게 그런 일은 얼마든지 벌어질 수 있을 테니까."

우리는 컨템포러리미술관 앞에서 헤어졌다. 그 애가 "정말 축하해."라고 했다.

작업실을 얻을 거야

내 꿈 하나 알려줄까?

이미 알고 있어. 모교에 가는 거잖아. 축제나 문학의 밤 같은 행사에 자랑스러운 동문에게 보내온 초청장을 손에 들고서. 한양대였지?

한림대.

아, 딴 애랑 잠시 헷갈렸나봐.

정현이?

그러고 보니 걔가 그 학교였던 거 같기도 해. 기억력 좋네.

이건 딴 얘기긴 한데, 지금 같은 상황이 되면 뭔가 좀 몸에 힘이 들어가게 돼. 나도 모르게 경직돼버리거든.

별로 그래 보이진 않았어.

너니까.

다행이네.

어딘지 불안한 사람처럼 눈빛이 흔들려버린다든지, 눈을 피하게 된다든지, 아니면 상대방을 째려보는 것처럼 돼버려. 목소리도 그 순간부터 반음쯤 높거나 낮아져서 어중간한 상태가 되는 것이지. 평소와 거의 비슷한데 어딘지 무겁고 어두운 그런 느낌. 어느 것도 내가 의도한 것이 절대 아닌데도 불구하고 그렇게 돼. 내가 만약 한양대 출신이었다면 그런 일 따윈 생기지 않았을 거야. 아마 너 같은 앤 알지 못하는 이상한 기분일 수도 있어.

음, 과연 그럴까? 하고 대꾸해주고 싶지만 일단 그렇다고 해두지 뭐. 우선은 너에게 새로 생긴 꿈 얘길 듣는 시간이니까.

단정지어버린 것이었다면 미안.

모르지 않아. 그 이상한 기분이라는 거.

처음 말하는 것일 텐데, 나 굉장한 속물이야. 가령 어떤 영화를 보고서 그걸 만든 감독에 대해 관심이 생길 적에는 프로필에 적힌 학력부터 찾아보거든. 봉준호는 연세대, 박찬욱은 서강대 이런 식으로. 필모그래피나 인터뷰는 그다음이야. 책을 볼 때도 마찬가지지. 저자소개란에 학력이 쓰여 있지 않으면 인터넷을 뒤져서라도 찾아보는 편이야. 나무위키 같은 데를 보면 대부분 나와 있어.

그럼, 문소리는 어느 대학 나왔는지 알아?

성균관대.

맷 데이먼은?

하버드.

무라카미 하루키?

와세다.

대단해. 그런 것만 맞추는 퀴즈 대회가 있다면 한번 꼭 나가 봐. 내가 보기엔 가능성이 있어.

방금 것들은 모두 초급 난이도였어. 당연히 이 정도 가지곤 어림도 없어. 더 노력한다면 혹시 모를 일이겠지만.

분명히 잘할 수 있을 거야.

힘이 나는군.

확실히 열등감 같은 게 좀 있긴 한 거 같아.

그 정도가 아냐. 아주 지독한 수준이지.

어쩔 수 없어. 그런 건. 웬만해선 잘 고쳐지지 않아.

그냥 안고 살아가는 수밖에 없지. 안 그런 척.

그러고 있어. 그런 건 중요하지 않은 척, 관심 없는 척, 쿨 한 척. 그건 그렇고, 그런 것에 관해 제법 잘 아는 것처럼 구는데?

어떤 거니? 그 새로운 꿈이라는 게.

작업실을 얻을 거야.

호오.

예전부터 생각해왔었어. 이 타이밍에선 꿈꿔왔었다는 표현을 사용하고 싶긴 한데 그래도 왠지 좀 낯간지러워.

언제?

이다음에 언젠가.

하려면 그냥 당장 하지 그래. 미루다보면 결국 못 하게 될지도 모르잖아.

그럼 어쩔 수 없고.

어디로 생각하는지나 들어보자.

대충 홍대 쪽이긴 한데 개인적으론 조금 외곽이 좋아. 상수나 연희동 쪽. 새벽까지 시끄러운 건 너무 싫거든. 특히 술 먹고 꼬장부리는 거랑 젊은 애들이 서로 작업하면서 깔깔거리며 웃는 거.

진짜 결심이 섰나 보네.

토익 구백도 육 개월 만에 넘긴 거 내가 말한 적 있을 거야. 오백 점이 채 안 됐던 상태에서.

조금 의외긴 해. 넌 아끼는 책도 버리는 애잖아. 짐스럽다고.

그렇지.

작업실이야말로 잘못하면 처치 곤란한 짐이 돼버리는 수도 있어. 아무리 커도 한 손에 쥐어지는 책과 비교가 불가능할 정도로.

거기에 대해서도 생각해놓은 바가 있기는 해. 근데 그건 조금 있다가 얘기해줘도 되니?

물론이야.

경복궁 근처 가회동 쪽이나 통의동 쪽도 마음에 들어. 좀더 안쪽으로 들어가면 옥인동도 괜찮고. 거기도 예전부터 자주 갔던 데거든. 개인이 운영하는 로스터리카페에서 라마르조꼬 하이엔드머신으로 내린 7온스 플랫화이트 한 잔을 들고 여유롭게 이것저것 예쁜 것들을 구경하며 걸을 때면 이런 데서 한번 살아보고 싶다는 생각 많이 했었어. 한번 상상해봐. 부스스한 머리에 도톰한 비니만 대충 쓰고 잘 때 입었던 한쪽 가슴에만 주머니 달린 오버사이즈 티셔츠와 편한 반바지 차림 그대로 하늘색 아디다스 슬리퍼를 끌고 출근시간대가 지난 아침에 단골 카페에 가서 늘 마시던 걸로 주문한 뒤에 야외 테이블에 앉아 햇볕을 쬐며 잠에서 서서히 깨어나는 거지. 그러고는 커피를 들고 작업실로 돌아와 창문을 열고 작은 화분에 물을 준 다음 키스 케니프나 골드문트나 헬리오스를 틀어놓을 거야. 아르날즈 올라퍼도 괜찮고 사카모토 류이치도 좋아.

못 본 사이에 겉멋이 잔뜩 들어버렸구나. 어지간해선 구제가 힘들 것 같다는 느낌이 정도로.

탤런트나 영화배우 같은 전문 연기자도 많이들 작업실을 얻는대. 그림 그리거나 음악 하는 경우 말고도. 고작해야 가제본 된 종이뭉치와 밑줄긋기용 연필만 있으면 될 텐데 웬 쓸데없이 작업실이람? 하고 의문을 가지는 것도 무리는 아닐 텐데, 완전히 다르대. 집에서 하는 것과 그런 공간에서 대본 작업을 하는 것은. 하긴.

모르는 체 하지 마. 너야말로 잘 알 거 아냐.

난 주로 카페로 가고 있어.

어디?

그냥 이곳저곳. 요즘은 상수동 이리.

잘 써져?

돌아다니다 보니 어쩌다 알게 된 건데, 작업이 잘 되

는 카페들은 약간 특징이 있어. 우선 스피커 볼륨이 적당해. 조금 작은 편에 가깝다고 해야 할까. 아무거나 틀어놓는 느낌이 아냐. 자신이 들어보고 정말 괜찮다 싶은 것들 위주로 신중하게 플레이리스트를 만드는 것 같아. 그리고 바에서 일하는 사람들이 개성이 있어. 그 사람들은 초록색 유니폼 같을 걸 입고 있지 않아. 자신만의 스타일과 분위기가 이곳에서 중요한 역할을 한다는 걸 아는 사람들 같아. 아무튼 그래. 자주 가는 카페에 내가 좋아하는 바리스타가 있는데, 그 여자는 항상 소매를 걷고 타투를 새긴 손목을 드러낸 채 커피를 내려. 그라인딩에서 탬핑과 추출로 이어지는 과정이나 스팀으로 우유를 데우는 게 마치 새 타이어가 장착된 레이싱 카로 잘 정비된 트랙을 한 바퀴 도는 드라이버 같았어. 군더더기 없고 부드러우면서도 빨라. 맛있는 커피 한잔을 내릴 수 있는 기술을 가지고 있는 거지. 알겠지만, 그런 건 스타일과 분위기와는 무관해. 무수한 연습이 만들어낸 결과물이니까. 그리고 반드시 좋은 원두를 써. 머신은 꼭 라마르조꼬 같이 고급 사양을 가진 모델이 못 되더라도.

내 말은, 소설 작업이 잘 되어가고 있느냐는 거였는데. 그런 건 잘 모르겠어. 그래도 계속해서 이어지기는 해. 이번이 몇 번째 단행본인 거지? 한 네 번째까진 제목도 기억하고 있었는데 이젠 도통 모르겠어.

여덟.

너무 신기해.

아까 미뤘던 얘기나 마저 해줘. 생각해둔 게 있다면서.

분명히 지겨워질 거 같아. 아마도 어느새 또 하나의 집이 돼버리는 것일 테지. 그럼 당장 주인에게 연락해서 작업실을 내놓겠다고 말할 거야.

두세 달 만에 그렇게 될 수도 있을 텐데.

어쩌면 그렇겠지. 그래도 한 번쯤은 경험해보고 싶어. 아아 이런 느낌이었구나, 자그마한 개인 작업실을 갖는다는 것은.

연락해. 냉장고는 좀 채워줄 수 있을지도 몰라.

이왕이면 카프리로 부탁해. 캔 말고 병에 든 걸로. 딴 건 안 그런데 유독 카프리는 병에 든 게 더 맛있어. 청량감이 더 풍부하다고나 할까.

알아서 할게. 맥주든 아이스크림이든.

갑자기 야구장에 가서 차가운 맥주에 짭짤한 프라이드치킨 먹고 싶어졌어.

또 하나의 새로운 꿈이 탄생한 순간에 내가 함께 있는 거니?

지금은 아닌데, 몇 번 반복된다면 또 모르지.

시원하다.

이 정도 바람이 딱 적당해.

벌써 여름이구나.

신작 나오면 곧장 서점으로 달려 가볼 거야. 하루 만에 읽고 평점을 달아놓을게. 다섯 개 만점에 별점 한 개짜리가 눈에 띈다면 나인 줄 알아.

고마워.

너무 시원하다. 대체 어디서 오는 걸까.

언젠가 너가 얻게 될 작업실 창문을 통해서 불어오고 있는 걸 거야.

별 한 개 더 달아놓도록 할게.

정통 어메리칸 스타일 피자

존 에프 케네디 국제공항에서 뉴욕 시내에 있는 컨티넨탈 호텔로 택시를 타고서 곧장 갔다. 위층과 연결된 철제 외부 계단, 과감한 페인트 컬러, 방탄유리로 된 폴리스 카, 자동소총을 어깨에 둘러멘 무장경찰들, 당장이라도 누군가 밖으로 뛰쳐나올 것만 같은 커다란 맨홀 같은 것들을 차창으로 바라봤다. 하늘엔 태양이 보이지 않았고 고층 건물들의 유리창은 노을과 구름 덩어리를 비췄다.

체크인을 하고선 프런트 직원에게 괜찮은 물건을 하나 구매하려고 한다고 말하니 어찌된 영문인지 잘못 알아들었다. 발음에 신경을 써서 다시 말해도 역시 마찬가지여서, 하는 수 없이 물건이라는 애매한 표현 대신에 아예 직접적으로 피스톨이라고 하는 단어를 사용해야만 했는데, 그제야 정장 차림의 사내는 아, 무슨 이유 때문인지 알 것 같군요, 하며 빙긋 미소를 지었다. 룸으로 올라가기 전에 먼저 그것부터 한 자루 구매하고 싶다고 의사를 밝혔지만, 그 프런트 직원은 아주 친절하게 고개를 저었다. 그러면서 그런 것은 우리 호텔에서 판매하지 않는다는 것이었다. 나는 키아누 리브스가 출연한 존 윅 얘기를 꺼내며, 호텔 내부 어딘가 비밀스런 공간에 각종 성능 좋은 권총들을 잔뜩 보관하고 있다는 걸 다 알고

왔다고 말했다.

"뭔가 오해를 하고 계시는군요. 그건 영화에서만 그럴 뿐 현실은 많이 다릅니다. 지금 저쪽 소파에 앉아 계신 손님들이 보이실 겁니다. 저분들은 이 호텔에 사흘이나 나흘 혹은 일주일 정도 머무르며 뉴욕을 여행하고, 거래처 바이어를 만나고, 자신의 책을 내줄 출판사를 찾고, 자신을 키워줄 에이전시를 찾고, 살 집을 구하고, 애인을 만나기 위해 이곳을 찾은 사람들이랍니다. 결코 구형 폴더 식 핸드폰을 한 손에 움켜쥐고서 현상금액 메시지가 찍히길 하염없이 기다리는 킬러들이 아닌 것이죠."

나는 그렇다면 도대체 어딜 가야 글록이나 베레타를 구매할 수 있느냐고 물어봤지만, 권총을 판매하는 동네 이름을 알려주는 대신 아마도 이제 막 입국한 외국인이라면 지금 당장은 어려울 것이라는 답변만 돌아왔다. 내가 여기서 간단하게 총을 살 수 있을 줄 알고 처음부터 다른 숙소는 알아보지도 않고 이곳으로 정해버렸다고 설명하자, 스트라이프 넥타이를 반듯하게 멘 그 친절한 프런트 직원은 너무 안타까운 일이라는 표정을 지으며, 대신에 서비스를 드리겠다고 했다. 내가 예약한 싱글베드 룸을 시티 뷰 쪽으로 업그레이드 해준다는 것이었다.

"건물들로 사방이 둘러 쌓여있는데 어차피 마찬가지가 아니냐고 여기실 수도 있겠습니다만, 커튼만 걷으면 십사 차선 차도와 함께 뉴욕 전역이 한눈에 들어오는 전망이야말로 진정한 시티 뷰라고 말할 수 있을 겁니다."

이미 내 뒤쪽으로 캐리어를 끌고 줄을 선 손님들이 꽤 여럿 서 있었지만 그는 나와의 대화가 가장 우선이라고 여기는 듯했다. 속마음이야 어떠한지 조금도 알 길이 없지만 적어도 겉으론 전혀 눈치를 주지도 않아서 내가 원하기만 한다면 언제까지나 나와 이 상태를 유지하며 이 세상이 끝날 때까지 대화할 준비가 되었다는 인상을 풍겼다. 난 그가 내게 보여준 품위 있는 태도에 결코 아무나 호텔리어가 될 수는 없을 것이라고 생각했고, 괜히 있지도 않은 일로 성가시게 굴어 미안하다는 말과 함께 정중하게 그에게 인사를 한 뒤에 엘리베이터가 있는 쪽으로 돌아섰다. 발을 미처 한 걸음 떼기도 전에 잠깐만 기다려주십시오, 라는 그 남자의 음성이 등 뒤에서 들렸다.

"그런데 실례가 안 된다면, 무슨 일 때문에 그것이 필요한 건지 말씀해주실 수 있으신가요?" 하고서 그 직원이 내게 물었고 난 싸구려 음식점이 가득 들어찬 뒷골목 같은 곳을 누비려면 그런 게 하나 있어야 그래도 안전할 거라고 막연히 생각했었노라고 대답했다.

그는 재차 그곳이 어디쯤 되는지를 물어왔는데, 난 그것은 사실 전혀 알 수 없고 단지 어린 시절에 일요일 아침 9시마다 즐겨본 티브이만화 속 닌자거북이들이 항상 주문해서 시켜먹었던 피자가게를 찾으려 한다고만 말해줄 수 있었다. 그는 표정의 변화 따윈 일절 보이지 않은 채 "그렇군요. 알겠습니다."라고 대답하고서 "뉴욕 컨티넨탈 호텔에 방문하신 걸 진심으로 환영합니다."라고 덧붙였다.

업그레이드 된 시티 뷰 룸에 들어서서 꽤 오랫동안 뉴욕의 저녁 야경을 바라봤고, 그런 다음에 간단히 짐을 풀고서 정리를 한 후에 씻었다. 침대에 누워 만화영화가 나오는 채널을 찾아 텔레비전 리모컨을 계속해서 눌러봤지만 닌자거북이를 방영해주는 곳은 한 군데도 없었다. 비교적 낙후된 동네와 오랫동안 재개발이 이뤄지지 않은 동네를 중심으로 그 인근에 위치한 피자가게들 주소목록을 차곡차곡 쌓아올리듯이 노트에 정리해나가고 있던 중에, 베드 테이블 위에 놓인 인터폰에서 벨이 울렸다. 인터폰을 집어 들고서 내가 헬로우, 라고 하자 누군가 역시 헬로우 써어, 하며 말을 했다. 나와 대화를 나눴던 그 프런트 남자 직원의 음성이라는 걸 바로 알았다.

"방해를 해서 죄송합니다. 보통 이런 경우엔 호텔 차원에서 서비스가 한 가지 더 추가되는데, 아까 전엔 제가 그것을 깜빡 잊고 알려드리지 못했습니다." 그의 얘긴 지하에 있는 바에서 와인 같은 음료를 곁들인 디너 티켓이 나한테 주어졌으니 편한 시간에 룸 넘버만 밝히고 이용하면 된다는 것이었다. 그렇지 않아도 슬슬 저녁을 사먹으러 밖으로 나가볼 참이었다고 내가 말하자 그는 "아직 외출 전이어서 정말 다행이군요."라고 하며 아무쪼록 즐거운 시간이 되길 바란다고 하며 인터폰을 끊었다.

바 안쪽에선 재즈피아노 소리가 들려왔다. 단순히 음원을 재생시키는 수준이 아니라 라이브로 연주를 하고 있는 것 같았다. 룸 넘버를 확인한 여자 직원이 이쪽으로, 라고 하며 나를 자리로 안내하고선 곧이어 메뉴판을 가져다줬다. 화려할 정도로 많은 메뉴 가운데 맨 마지막 줄에 쓰인 글귀가 유독 내 눈길을 사로잡았고 난 그것에 손가락을 대고는 "정통 어메리칸 스타일 피자가 있군요."라고 흥분을 가라앉히며 말했다. 메뉴 밑으로 구체적인 설명도 보태져 있었는데, 닌자거북이들 중에 특히 라파엘이 가장 좋아한 스타일이라고 돼 있었다. 난 참지 못하고 아무런 상관도 없는 그녀에게 그만 "라파엘을 가장 좋아했어요. 빨간 두건에 짧은 한 쌍의 삼지창을 양손에 든 그가 제일 멋있었거든요. 영웅본색에서 주윤발이 쌍권총을 움켜쥐고 있는 모습 만큼이나요."라고 말하고 말았다.

"잠시 발밑을 봐주십시오." 하고 그녀는 말했다.

난 허리를 숙여 테이블 밑을 살폈다.

"뭔가 있군요. 역시 그럴 줄 알았어요."

난 아주 단단하면서도 매끄럽고, 어느 부분에선 글자와 문양이 새겨진 그것을 발바닥으로 가볍게 두드렸다.

"길은 아주 단순한 편입니다. 맨홀을 열고 밑으로 바로 내려가서 치즈와 토마토소스 냄새가 진동하는 쪽으로 나아가면 됩니다."

"그곳으로 가는 길이겠군요."

"안전하게 모셔다 드리겠습니다."

내가 혼자 가겠다고 말해봤지만 소용없었다.

"맨홀 안에선 반드시 컨티넨탈 호텔 직원이 한 명 끼어있어야 합니다. 그게 이곳의 룰입니다."

사실 그녀의 말을 전부 이해할 수는 없었지만, 이 세계만의 어떤 룰이 있을 순 있다고 당연히 생각했다.

"호텔 안에서는 살인을 하면 절대로 안 된다는 엄격한 규칙 같은 것이군요."라고 하며 존 윅 얘기를 꺼내자 그녀는 말없이 상냥한 미소만 지었다. 그러고서 그녀는 자신의 얼굴 사진이 박힌 컨티넨탈 직원증을 목에 걸고서 "실례합니다."라고 하며 내 발밑의 맨홀 뚜껑을 활짝 열어젖혔다.

그곳에서 이어지는 지하통로는 무척 비좁고 허리를 다 펼 수 없을 만큼 천장이 낮았지만, 축축하고 눅눅하며 어두컴컴한데다 쥐들이 찍찍거리는 소리를 내고 손바닥만한 벌레들이 기어다니는 시궁창 같은 곳은 의외로 전혀 아니었다. 일정한 간격으로 조명이 설치돼 있어서 시야가 꽤나 넓었고 신경 써서 길을 닦아놓았다는 인상을 받았다. 만약 봉지에 든 미니 도너츠를 아껴가며 집어 먹다가 그만 실수로 그중에 하나를 바닥에 떨어뜨린다 해도 바로 주워 후후 불고서 입속에 집어넣는 일도 어쩌면 불가능할 것 같진 않았다. 올리브 향과 뜨거운 열을 가한 직후의 치즈 향, 토마토를 으깬 다음에 프라이팬 위에서 약한 불로 볶은 듯한 냄새가 풍겨오는 쪽으로 우리 두 사람은 계속해서 이동했다.

어디라도 걸터앉아 잠시 쉬었다가 가면 좋을 것 같다는 생각이 들었지만 차마 입 밖으로 못 꺼내고 망설이고 있던 참에, 두 걸음쯤 앞장서서 걷고 있었던 여자 직원이 나를 향해 뒤돌아서며 맨홀 출구를 가리켰다.

"라파엘이 평소에 주문했던 것과 같은 걸로 달라고 하시면 됩니다."

여기까지 고생해서 함께 왔으니, 이왕이면 같이 들어가서 피자를 먹고 나오자고 권해봤지만 그녀는 반듯한 자세로 서서 꿈쩍도 하지 않았다. 그때 어디선가 어떤 소리가 작게 났고 그녀는 그 즉시 아주 능숙한 솜씨로 자신의 허리춤에서 권총을 낚아채 여태껏 우리가 지나온 통로를 향해 총구를 겨눴다. 하는 수없이 되도록 빨리 먹고 나오겠다고 하고선 나 혼자서 맨홀을 열어젖히고서 지하통로를 빠져나왔다. 연결된 곳은 2인석 테이블이 전부 세 개뿐인 아담한 피자가게였다.

레트로적이고 클래식하다고 하다면 그렇게 봐줄 수도 있긴 하겠지만 한물간 느낌이 솔직히 말해서 좀더 강했다. 인테리어도 낡았고 퓨전 스타일 같이 요즘 젊은 사람들의 입맛에 맞춘 메뉴라곤 아예 찾아볼 수 없었다. 테이블에 우두커니 앉아있어 봤지만 주인이든 종업원이든 아무도 이쪽으로 다가오는 사람이 없는 탓에 내가 자리에서 일어나 직접 찾아봤다.

어디선가 작지만 익숙한 16비트 전자 사운드가 울리고 있었고 난 그쪽으로 걸음을 옮겼다. 어느 노인이 부엌 한켠에 설치된 작은 텔레비전 앞에서 콘솔 게임을 하는 중이었다. 게임이 일단락 될 때까지 나는 몇 걸음 떨어진 구석진 곳에서 미동도 없이 숨죽인 채로 서 있었다. 이윽고 스테이지가 클리어 됐고 그제서야 그 노인은 조이패드를 한 손에 움켜쥔 채로 날 쳐다봤다.

"피자를 한 판 주문하려고요. 라파엘이 늘 시키던 것으로요."라고 말하고선 노인을 향해 꾸벅 인사했다.

노인이 손짓을 했고, 핏줄이 튀어나올 듯이 선명하게 도드라진 손으로 맨홀이 그려진 종이박스를 연다음, 그 안에 남아있는 것들 중에서 제일 커다란 피자 한 조각을 집어 들어 내게 건넸다. 그러곤 티브이를 가리키며 할 수 있느냐고 묻길래, 난 시리즈별로 끝판왕도 전부 깨봤다고 대답하며 잘게 썬 올리브가 올라가 있는 피자를 보란 듯이 크게 한입 베어 물었다. 피자 한 조각이 서울에서 사먹는 레귤러 한 판 사이즈와 맞먹는 것 같다고도 얘기해봤지만 그는 고갯짓만 살짝 했을 뿐 별다른 반응을 보이지 않았다. 조이패드를 두 개 연결해서 2인용이 되게 만들었는데, 나는 2플레이어였고 그가 1플레이어였다. 노인이 라파엘을 이미 선택했기 때문에 난 나머지 거북이들 중 잠시 고민하다가 도나텔로를 선택했다. 나는 도나텔로가 허공에 붕붕, 하고서 봉을 휘두르는 일에도 왠지 모르게 감격스러워졌지만, 그는 옅은 미소만 지을 뿐 그리 신이 나지는 않은 것 같았다. 그저 딱딱한 피자 테두리 부분을 씹으며 묵묵히 게임에 임할 뿐이었다. 노인이 작게 한숨을 내쉰 적도 있었지만 나는 못 들은 체했다. 시간이 조금 지나고 센 적들이 본격적으로 등장하기 시작하자 그는 자신의 실력을 발휘했다. 건성으로 하는 것 같았는데도, 게임으로 그런 동작이 과연 가능한가 싶을 정도로 기가 막힌 고난도 기술들을 펼쳐 보이며 적을 마구 쓰러뜨렸다.

"왜 그런지 몰라도 옛날 게임이 더 재밌어요. 닌자

거북이도 포함해서요."

내 말을 들은 게 분명했지만, 그는 말없이 피자박스에서 새로운 조각을 가져와 한입 베어 물을 뿐이었다.

"초창기에 나왔던 만화영화가 실사 판 영화보다 더 재밌게 느껴지는 것과 비슷하다고나 할까요. 그래픽이 훌륭해진다고 더 흥미진진해지는 건 아닌 것 같아요."

중간보스를 깨고서 다음 스테이지가 되길 기다리는 동안에 나는 어린 시절에 무수하게 따라 불러봤었던 닌자거북이 티브이만화주제곡을 나직이 불렀다. 그는 한쪽 손엔 조이패드를 쥔 채 먹다만 피자 조각을 들고 창밖 어딘가를 향해 시선을 던지고 있었다.

카푸치노맨

문이 열리고 누군가 안으로 들어온다는 기척을 느꼈을 때 난 포스에서 메뉴 하나를 미리 찍어뒀다.

"안녕하세요."

"안녕하세요. 카푸치노 한 잔 마시고 가겠습니다."

"영수증 드릴까요?"

"괜찮습니다."

"감사합니다."

"감사합니다."

난 카푸치노맨에게 카드를 돌려줬고 진동벨을 건넸다. 그가 2층으로 올라갔고, 난 냉장고를 열어 차가운 우유를 꺼내 스팀피처에 적당량을 부은 다음 머신에서 포터필터를 뽑아 자동 그라인더에 장착시켰다. 원두가 갈리면서 조금 요란한 기계음을 냈다.

그가 언제부터 내가 일하고 있는 카페에 오기 시작한 것인지 분명하게 기억하고 있다. 하필이면 그날따라 이십 분 정도 안 하던 지각을 했던 것이었고, 유난히 양이 많은 것 같아서 넘치지는 않을까 하고 신경이 생리컵 쪽으로 곤두서 있었다. 주문을 받으면서도 내 자신의 말투가 상당히 퉁명스럽다는 것을 충분히 느끼고 있었지만 도중에 바로잡지는 못했다. 그래서 원래 중저음 보이스인 것처럼 계속 말했었던 것 같다. 다음날에도, 그 다음날에도 그 사람만 보면 난 똑같은 목소리를 내기 위해 노력했다. 퇴근길에 연습 삼아 혼자서 중얼거려보기도 했었다.

자주, 라고 할 수 있는 수준이 아니라 아예 그것을 훌쩍 뛰어넘어 하루도 빼놓지 않고 매일 오다보니 직원들 중에 카푸치노맨을 모르는 사람은 없었다. 다들 정체에 대해선 이러쿵저러쿵 여러 추측들이 많아도, 맨날 카푸치노만 시키는 사람이라고 하면 일단 통했다. 미진 씨가 그 남자에게 카푸치노맨이라는 별명을 붙여줬던 것이었는데, 내가 미진 씨한테 스팅이 부른 잉글리쉬맨 인 뉴욕이라는 노래에서 그것을 따온 것 같다고 말하자 어떻게 알았냐며 놀라워하면서 이 남자의 경우는 카푸치노맨 인 테라로사쯤 될 것이라고 했다.

카페 오픈 시간에 맞춰, 그러니까 아홉 시쯤에 와서 정오가 되기 전에 나간다. 약 세 시간쯤 앉아있는 게될 것이다. 2층 창가 쪽 가장 큰 공유 테이블에서 항상 똑같은 자리에 앉아 빛이 들어오지 못하도록 커튼을 치고서 랩톱을 켜놓고 뭔가를 한다. 양손을 자판 위에 올려놓고 손가락을 움직여 키보드를 누르는 것이다. 하지만 직접 물어보거나 아니면 화면 가까이 바짝 얼굴을 들이밀기 전까지는 그게 정확히 무엇인지는 도무지 알 수 없다. 언제까지나 추측만 무성할 뿐이다.

보통은 벨이 울리면 그것을 손에 움켜쥐고 자리에서 일어나 한참을 걸어온 뒤 비로소 쟁반에 담긴 커피를 가져간다. 그러나 카푸치노맨은 벨이 울리기 전에 이미 근처에 와서 기다린다. 스팀으로 우유를 덥히는 게 끝났을 즈음엔 어김없이 네다섯 발자국쯤 떨어진 지점에 그가 있다. 잔 받침에 머그컵을 올려놓으면 내 쪽으로 조용하게 다가와 벨을 내밀어 커피와 바꾼다.

오늘도 다르지 않았다. 그가 잠잠한 진동 벨을 내게 내밀었고 난 그것을 받았다.

"맛있게 드세요."

"감사합니다."

그의 음성은 악기로 치면 베이스 같았고, 그의 손등은 핏줄이 선명했고, 손끝에는 온기가 있었다.

용사가 되는 세 번째 루트

용사가 되는 방법을 분류해본다면 모두 세 가지다. 첫 번째는, 이것을 가장 오래되고 정통한 방법으로 볼 수 있을 텐데, 정식 인가를 받은 학교에 들어가는 것이다. 그곳에서 용사라면 반드시 지녀야할 필수 덕목들을 하나씩 공부해나가는 것이다. 드래곤 서식처를 찾는 법, 용변의 냄새와 모양만으로 종과 나이와 암수를 구분하는 법, 자신에게 맞는 최적의 무기 고르는 법, 마법을 사용하는 법, 동료들과 힘을 합쳐 막강한 적에 대항하는 법, 목숨이 위태로운 순간에 자신의 몸을 은폐시키는 법 등등, 이외에도 수많은 과목들이 개설돼 있다. 시간이 오래 걸리고 돈이 많이 드는데다가 저런 것까지 배운다고? 고개를 갸웃거리게 만드는 과목들이 면밀하게 살펴보면 종종 눈에 띄는 것도 엄연한 사실이긴 하나 어쨌든 가장 확실한 방법이라고 하는 점에는 동의한다. 덧붙인다면 선별된 도서, 게임, 영화 리스트를 따라 틈틈이 교양과 상식과 간접 경험이 될 만한 것들을 수업과는 별도로 섭렵해나가야 함은 물론이고 가시 박힌 철퇴를 손에 들고 다니는 사감이 매일 밤 점호를 하는 기숙사에서 잘 씻지 않는 동기들과 함께 생활해야 하는 것 역시 기본이다.

두 번째는 용사들의 길드에 지원서를 내서 뽑히는

것이다. 길드라는 것이 각 지역마다 적게는 하나부터 많게는 여러 개씩 있는 것이어서 다 합쳐본다면 그 수가 결코 적다고 볼 수 없긴 하지만, 애초에 검증이 되지 않았다면 아무나 뽑아주지 않기 때문에 가입하는 것에 있어서 경쟁이 무척 치열한 편이다. 당연히 예외가 생기기도 해서 일반화를 시키는 건 사실 무리겠지만 그래도 한번 시도해본다면, 대강 천 명이 지원한다면 그중 면접이 주어지는 자는 열 명 안쪽일 것이다. 독자 여러분은 오해하지 말기 바란다. 단지 얼굴을 한번 보여주고 검을 한두 차례 휘둘러볼 수 있는 기회를 획득하는 것뿐이니까. 무턱대고 길드에 지원하느니 차라리 수년씩 걸리는 학교를 졸업하는 게 더 시간을 절약할 수 있다는 것이 필자의 개인적인 견해이다. 마지막으로 세 번째는, 이것은 거의 가망이 없는 방법이긴 하나 그래도 아예 짚어보지도 않고 그냥 넘어간다면 안내서로서의 완성도를 해치는 일이 될까 싶어 일단 언급해본다. 무작정 필드로 나가 부딪치는 것이다.

딱 잘라 말한다면, 이건 자살행위나 다를 바 없다. 자살할 방법을 혹시라도 모색하고 있거나, 입속의 불꽃이 담배에 겨우 불을 붙일 만한 수준으로 전락해버리고 이빨이 모조리 뽑힌 탓에 원활한 사냥이 더 이상 불가능해진 굶주린 드래곤이 너무 가여운 나머지 자신의 몸뚱어리를 먹잇감으로 내놓을 작정이라면 또 다른 차원의 얘기일 테지만 그런 예외적인 상황은 이론서에 해당하는 이 책에 어울리는 것이 아니므로 구태여 다루지 않도록 하겠다.

그러나 딱 한 사람, 기억에 남는 용사가 있기는 하다. 그가 용사라고 하는 증거 따윈 그때도 지금도 가지고 있지 않지만 난 내 눈을 의심하지 않는다. 그날 그는 별말 없이 목검 하나를 골라, 단단한 오크 나무의 것이긴 했지만 개중에선 가상 저렴했던 것으로 기억하는데, 카운터에 올려놓고 내가 뭐라고 할 여지도 주지 않은 채 값을 지불하고는 조용히 문을 닫고 사라졌다. 대화를 일체 나누지 않았음에도 그는 첫 번째 루트와 두 번째 루트를 염두에 두고 있는 사람이 아니란 것만은 확실히 알 수 있었다. 그것은 오랫동안 무기점을 운영하면서 가지게 된 안목과 직감 같은 것이라 말해도 무방할 것이다. 느껴지는 기운 같은 것이 명문학교 엘리트의 모습과는 거리가 완전히 멀었고 길드에 들어가고 싶어서 안달이 난 풋내기 지망생들과도 달랐다.

그때 나는 어쩌면 이 자라면 그 어떤 이론도 필요 없

이 드래곤과 맞서 싸울 수 있을지도 모른다고 생각했었다. 그날 일을 돌이켜보며 솔직히 고백하자면 그때 어떻게든 말렸어야 하는 게 옳았다. 오크 나무가 다른 품종에 비해선 손이 많이 가지 않기는 해도 그래도 못해도 대략 육, 칠 년에 한 번씩은 며칠 간 입고를 해놓은 상태에서 다방면으로 점검을 할 필요는 있는 것이다. 아무리 많이 봐줘도 십 년이 한계인 것이다. 이런저런 문제가 발생할 것이고 그렇다면 반드시 수리를 해야 한다. 그렇게 하지 않는다면 전투 중에 어떤 불상사가 생겨날지 모르는 일이다.

여기까지 글을 썼을 때, 노크를 한 뒤에 출입문을 잡아당겨 누군가 가게 안으로 들어왔다. 소리만으로도 어떤 사람인지 감별할 수 있다. 자신에 차 있거나 혹은 성급하게 덤비는 자는 나무로 만들어진 문에서 나는 소리가 아주 짧다. 반면에 마음이 혼란하거나 갈등하고 있거나 소심하다면 되도록 아주 길게 소리가 난다. 삐이이거어걱, 하고서 말이다. 난 랩톱에서 손을 천천히 뗀 다음 속으로 심호흡을 한 차례 했다. 둘 가운데서 어느 쪽도 아니었다.

그가 머무는 동안에 라디오에선 라벨의 볼레로가 오케스트라 버전으로 흘러나왔다. 나는 그와 대단히 짤막한 대화를 나눴을 뿐이다. 그것은 지극히 평범한 내용이었다. 나흘 후에 다시 와달라고 하면서 그를 돌려보냈다.

그가 나가고 나서 난 한참을 우두커니 의자에 앉아 있었다. 랩톱에 양손을 올려놓은 다음에도 마찬가지였다. 전구에 불을 밝히고서 마음에 가장 걸리는 대목부터 고쳐 쓰기로 했다. 세 번째 루트에 관한 것이었다. 우선 자살행위라는 단어부터 삭제했다. 자꾸만 작업용 테이블에 올라와 있는, 방금 그가 맡기고 간 목검 쪽으로 눈길이 갔다. 이게 정말로 싸구려 오크로 만들어진 것인가 싶게 전체적으로 투명하고 푸른 기운 같은 게 서려 있었다. 가장 값비싼 재질로 만들어진 강철검이 일반적으로 일으키는 정도보다도 어떻게 된 일인지 훨씬 더 깨끗하고 맑았다. 어디서도 본 적이 없는 빛을 내고 있었다.

결과적으론 단어 하나만 삭제했을 뿐 나는 더 이상 원고에 손을 대지 못한 채 책상에서 생각에 잠겨 있다가 비로소 일어나 목검이 있는 쪽으로 다가가 바로 밑 서랍에서 비닐을 뜯지 않은 새 장갑을 꺼내 양손에 꼈다. 그때 문이 급하게 열리더니 말끔한 용사 복장을 갖춘 한 사람이 내 쪽으로 요란한 발소리를 내며 다가와 아주 다급한 목소리로 빨리 자신의 검 손잡이에 박힌 보석이 손상된 것은 아닌지 좀 봐달 라는 주문을 해왔다. 돈은 얼마든지 주겠다며 한눈 에도 퍽 무게가 나갈 것만 같은 신용카드 한 장을 지 갑에서 꺼냈다. 나는 오늘은 영업이 종료됐으니 내 일이나 다른 날에 다시 방문을 부탁드린다고 공손하 게 말했다. 그자는 아직 시간이 남았는데 그게 무슨 소리냐고 항의했지만 난 그만 나가달라고 하면서 등 을 세게 떠민 뒤 아예 문을 잠가버렸다. 욕설과 함께 거칠게 발길질하는 소리가 들렸고, 난 라디오 볼륨 을 키우고서 손잡이가 달린 소형 그라인더에 원두를 쏟아 붓고 드륵 드륵 갈았다. 진한 커피 냄새가 진동 했고, 장갑을 다시금 새것으로 갈아 낀 뒤에 떨림이 멈추지 않는 두 손으로 용사가 맡기고 떠난 목검을 살며시 잡아 들어올렸다.

우리 세 사람, 무대에서

우리 세 사람 모두 징계를 받게 될 것이라는 얘기가 얼마간 떠돌긴 했었지만 실제론 별다른 일이 생긴 건 아니었다. 지하 1층에 있는 연극학과 소극장 맨 앞줄 좌석에 셋이 나란히 앉아 단순히 구두 상으로만 주의를 들었다. 연기와 현실은 구분할 것, 실명을 그대로 쓰지 말고 등장인물 각 사람의 이름을 짓도록 할 것, 대본에 나와 있지 않은 씬은 넣지 말 것, 재심사를 준비할 것. 자잘하고 뻔한 얘기들을 빼면 이렇게 네 가지였다. 콘돔은 반드시 사용해야 한다는 당부를 굳이 포함시킨다면 다섯이 될 것이다. 그날 내 몸은 생리가 끝난 지 일마 지나지 않았기 때문에 가임기가 확실히 아니었고, 또 그래도 혹시 모르기 때문에 피임약을 미리 먹어뒀었다는 말을 꺼내볼까 했지만, 관뒀다. 나는 알겠습니다, 라고 했다.

당시엔 그렇게 못 느꼈었지만, 돌이켜보면 분위기는 제법 좋았던 거 같다. 일일이 우리의 취향을 물어 커피를 시켜주셨다. 그날 무대 가장 가까운 자리에서 석사과정생들을 대상으로 한 학위심사를 직접 담당했던 선생님들이셨고, 적어도 그 세계에선 모두 이름을 대면 알 만한 배우들이고 극작가였다. 그중 한 분은 우리 들으라는 듯이, 오히려 가장 좋은 상을 줬어야 했는데, 라고 한숨 섞인 말로 중얼거리셨던 기억도 난다. 어쨌든 그날 있었던 일이라는 것도 시간이 지나자 차츰 예술대학 학생들 사이의 이야깃거리에서 자연스럽게 빠졌다.

지하철역까지 가는 길을 미요랑 함께 걸었다.

"예전엔 막연하게 한쪽으로만 정해놨었던 거 같아. 실은 얼마 전까지만 해도."

미요가 말했다.

나와 미요는 학교 후문을 막 빠져나온 직후였다. 골목에 들어선 식당들 간판에 불이 들어오기 시작했다.

"연기는 연기일 뿐이라고. 내 자신을 조금도 바꿔놓을 수는 없다는 식으로."

"뭔가 변화가 생겼나보구나."

나는 담배를 입에 물었고 미요에게도 내밀었지만 그 앤 손을 내저어보였다.

"두 가지 스타일이 있다고 배웠잖아. 난 자신 있게 첫 번째였어. 무대에서 살인을 저질러도 조명이 모두 켜지면 환하게 미소 지으며 박수 소리가 끝날 때까지 관객들에게 얼마든지 손을 흔들어줄 수 있다는 주의. 가면을 벗어버리고 원래의 내 얼굴을 보여주면서 말야."

미요는 손으로 자신의 다른 쪽 손가락을 계속해서 잡아당기고 있었다.

"이제 알겠어. 난 두 번째에 속한 거였어."

"결국은 해봐야 아는 거긴 하겠지. 어떤 담배가 자신에게 맞는지도 이것저것 돌아가며 피워봐야 겨우 알게 되는 것처럼."

"정말로 죽였던 거야. 그날, 그 애를."

"잘했어. 그래서 우리들이 박수를 받을 수 있던 거고."

"들리지 않았어. 그런 소리들은."

"이상하네. 십 분 정도는 이어졌었는데. 그것도 아주 커다란 소리로. 졸업한 선배들 몇은 휘파람도 불어댔다구. 특히 창진 선배."

내가 한 말에 미요가 웃었다.

"신경 쓰여?"

"문득 문득 떠올라서." 하고 미요가 말했다.

"파묵이라는 터키 작가 있잖아. 갑자기 말하려니까 풀 네임이 떠오르지는 않는데, 여하튼간. 그 사람이 하버드에 가서 학생들에게 했던 강의들을 모아놓은 책이 있는데, 그 강연집에 그렇구나, 하고 고개가 끄덕여졌던 대목이 들어있었어. 소설 같은 픽션을 읽을 때 사람들에겐 두 가지 현상이 일어난대. 아무런 의심 없이 작가가 만든 세계에 푹 잠기는 경우가 있고, 이건 틀림없이 작가가 만든 허구라고 인식하면서 동시에 의심의 눈초리로 빤히 노려보는 경우가 있다라는 거야. 그런 식으로 나눠볼 수 있다면, 그 강연집에서도 이렇게 말했었는지는 잘 기억나진 않지만, 어쩌면 그 두 가지는 경계가 불분명할지도 몰라. 그렇게 보자면 넌 틀림없이 창미를 죽였어. 하지만 다른 한편으론 우리가 꾸민 무대에서, 우리가 만든 종이칼 소품으로, 빨간색 물감 물을 가득 집어넣어놓았던 풍선들을 하나도 남김없이 폭폭 터트렸을 뿐이야."

"그 순간엔 연기가 아니었어."

"혼동하지 마. 창미는 캐릭터야. 생김새와 버릇을 비롯해 신상에 관한 몇 줄짜리 문장이 종이 대본에 인쇄된 게 그녀의 실체인 셈이랄까."

"얼굴이 아주 낯익었지. 걸음걸이와 목소리도. 그리고 냄새도." 하고선 미요는 손깍지를 낀 팔을 곧게 앞으로 쭉 내민 채로 서너 걸음을 옮겼다.

"안심해도 돼. 그래도 감옥 같은 데는 가지 않아. 그리고 그 창미라는 애는 무대에서 분명히 죽었지만 보다시피 나는 죽지 않았으니까. 칼로 난도질당해서 몸 안의 피가 무대를 전부 적시긴 했어도 벌써 백일 넘게 멀쩡히 살아있는 셈이지. 그리고 그 정도가 아니라 이렇게 너에게 말하면서 담배를 피우고 있어. 마음만 먹는다면 공중으로 연기도 내뿜을 수 있지. 아주 세게."

"알고 있어."

"그래."

"그런데 살인을 해본 경험이라는 건 내 안에 또렷이 새겨졌어. 살인자의 심정도 알게 돼버렸고."

"그런 건 연기자에게 꽤 소중한 것일 수도 있다는 생각이 드는데. 그런 것을 가지고 있지 않은 사람은 우리들에게 소중한 기회가 주어졌을 때 깊숙한 뭔가를 끄집어내는 게 아주 힘들지도 몰라. 노련한 연출자들은 바로 알아차릴 거라구."

"나도 그렇게 생각해. 단지 연기는 연기일 뿐이라는 말이 더 이상은 실감나게 와 닿지 않게 되었을 뿐이야. 그건 불가능해."

역에 도착해서 미요는 셋이 함께 만나지 않겠느냐고 했지만 내가 다음에, 라고 말하자 이내 고개를 끄덕이는 것이었다. 내가 "포기가 너무 빠른 거 같은데."라고 웃으며 말했지만 미요는 입가에 미소만 띤 채 어떤 식으로든 대꾸를 하거나 하진 않았다. 얼마쯤 있다가, 플랫폼을 사이에 두고 서로 다른 방향에서 지하철이 거의 동시에 들어왔다. 내가 타야하는 쪽이 조금 먼저 들어와서 멈췄고 난 그 애에게 손을 흔들어 보인 후 그곳에 올라탔다. 출입문이 닫힐 때 "창미야." 하고 날 부르는 미요의 음성을 들었다.

"미요!"

고진이는 문밖에 서 있었던 나를 껴안아줬다.

"어쭈. 뭘 하고 있나 본대." 하고 난 그의 카디건에 코를 갖다 댔다.

"대단해. 넌 전생에 마약탐지견이었을지도 몰라."

"그러니 조심해. 깨물리지 않도록."

"학교에서 바로 온 거야?"

"땀 나. 여긴 올라오는 게 너무 힘들어."

"대신에 층간소음 같은 건 없어. 불이 나면 대피도 수월하고."

"4층만 됐어도 괜찮았을 거 같아."

"간만에 와서 더 그런가?"

"어쩌면."

"빨리 들어와."

난 분명히 시중에 파는 스파게티 라면을 먹었는데, 고진이는 계속해서 우리가 조금 전에 먹은 그것이 나폴리탄이라고 우겼다. 별도로 토마토케첩을 엄청나게 많이 집어넣었다는 게 그 이유였다. 라면봉지에 들어있었던 특제양념소스 같은 건 그렇다면 집어넣지 않았느냐고 물었더니 그건 또 아니랬다. 그랬음에도 불구하고 막무가내로 "누가 라면에 와인을 먹니?"라고 하며 고진이는 어이없어 하는 표정까지 지어보였다. "좋았어. 정통 방식으로 손수 만든 나폴리탄을 먹은 기념비적인 날이니까. 이건 그 답례쯤이 될 테지." 나는 가방을 열어 어젯밤에 비닐 포장지로 감싸놨던 작은 물건을 꺼내 "자, 아주 비싼 거야." 하고서 고진이 쪽으로 내밀었다. 설거지를 끝내놓고선 우린 화장실에 들어가 온수와 찬물을 반반씩 틀어 온도를 적당하게 맞춰놓고서 일인용 부스에서 함께 샤워를 했다. 고진이는 여느 때처럼 장난을 걸었고, 발기가 돼있었고, 나를 간지럽혔다.

헤어드라이기를 껐을 때, 고진이는 "뭐 볼래?" 하며 책상에서 랩톱을 가져와 매트리스 위에 올려놨다. 그러고는 전원을 켰고 동영상 스트리밍 사이트에 접속했다.

"아무거나."

난 팬티를 입었고 브래지어를 찼다.

"그럼 스타워즈 보자."

고진이는 아이디와 패스워드를 입력했다.

"그런 건 혼자 있을 때 봐."

"존 윅 4"

"다른 거."

고진이가 한숨을 푹 내셨다.

"내가 이럴 줄 알았지. 백만 년 전서부터 말야."

"그래도 너무 심했으니까."

"이제 가르쳐줘. 이미 네 마음속 깊은 곳에서 서서
히 떠올라, 어느 순간부턴 절대로 가라앉지 않게 돼
버린 그 무언가를 말야."

"한번 찾아 볼게."

"분명히 있어. 틀림없거든."

"근데, 아까 준 거 한번 사용해봐."

향수 냄새가 고진이 마음에도 드는지 확인한 후에
랩톱을 빼앗아 본격적으로 내가 직접 찾아보기 시작
했고, 이것저것 볼 만한 작품들 중에서 저울질하다
결국에 가선 하마구치 류스케가 만든 영화를 골랐
다. "그때 드라이브 마이카가 재미있었으니까." 하
고서 내가 이유를 대자 고진이는 아주 떨떠름한 표
정으로 날 향해 엄지를 치켜들어줬다.

배우들의 나직한 음성, 오리지널 배경 음악, 이따금

씩 발생하는 구형 랩톱의 냉각 팬 소음이 귓가에 들렸다. 나는 고진이가 입고 있는 팬티를 무릎 쪽으로 끌어내렸고 성기를 조심스럽게 만졌다. 한쪽으로 쏠려있는 걸 반대편으로 넘겨봤던 것인데, 획 하고서 아주 잘 넘어갔다. "귀여워." 아까 샤워부스에서처럼 발기가 된 상태는 전혀 아니었다.

"잔뜩 움츠려있어. 어딘지 겁을 집어먹은 아이처럼."

"곧 달라질 거야. 이미 반응을 시작했거든. 네 손길이 닿았던 순간부터."

"손 뗄게. 대지 않고 있을 거야. 가만히 관찰해볼게. 어떻게 변하는지."

"넌 항상 귀엽다고 말해."

"원래 못생긴 걸 좋아하는 편이거든."

"섹스하면서 얘기하는 게 좋아. 지금처럼."

고진이가 말했다.

"아직 시작도 안 했어. 나는 너를 지금 관찰하고 있는 중이야."

"아까 네가 우리 집 현관문에 서서 초인종을 눌렀던

무렵부터 나는 너와 섹스를 시작했어. 언제나 몸이 섞이기 전에는 보이지 않는 것들이 먼저 뒤섞여버리니까. 굳이 의도 같은 건 하지 않아도."

"그 말은 뭔가 부정하기 어렵긴 하네."

"뚜껑을 들썩거리게 만들 만큼 몸 안에 가득 차올라진 정액을, 외부 어딘가에 일단은 급한 대로 쏟아버릴 목적이라면 차라리 혼자서 자위하는 쪽이 더 나은 것 같기도 해. 시간의 효율성을 따진다면 어쩌면 압도적인 거지. 그런데 너랑 하는 섹스는 뭔가 훨씬 범위가 넓어. 자연수를 유리수가 포함하는 것처럼."

"수학 학원 알바 짤린 지 꽤 된 걸로 알고 있는데."

"유리수라는 말 취소. '실수'로 바꿀게. 그럼 무리수도 포함되니까."

"뭔 말인지 잘 모르겠지만, 어떤 심오한 이유라도 있나 보군."

"이 주 후에 있을 우리들 재심사." 하고 고진이가 말했다.

"점점 변신하고 있어. 두께도, 길이도. 너무 신기해."

난 고진이의 몸을 손가락으로 살짝 건드렸다.

"아무래도 배역을 바꾸는 편이 낫겠어. 너랑 창미랑."

"처음부터 다시 맞춰봐야 될 거야. 만약 그렇게 돼버린다면."

"하면 돼."

"싫어."

"내 말은, 불편하면 말이야."

"어쭈, 지금 날 생각해서라는 거니?"

오른손 검지를 고진이 이마에 거의 붙이다시피 해놓고서 엄지손가락으로 한껏 장전했다가 튕겼다.

"아파."

"당연히 불편해. 다른 사람들은 느끼지 못하는 그런 감정이 내게만 사나운 얼굴로 날카로운 이빨을 드러낸 채 달려들 듯이 생겨버리는 건. 그래도 나는 미요라는 캐릭터를 연기할 거야. 그 앤 창미를 연기할 거고."

초반에 몇 장면, 영화를 조금 보긴 했지만 우린 곧 섹스에만 몰두했고, 그때부턴 대화다운 대화를 했던 기억이 없다. 아까 고진이가 했던 말, 그러니까 관계를 가지면서 얘길 나누는 게 좋다고 했던 말이 귓가에 맴돌았지만, 그걸 위해 일부러 노력하진 않았다. 고진이 역시 내게 별다른 말을 걸어오지 않았다. 틈틈이 영화배우들의 음성과 피아노 연주로 이뤄진 음악이 들려왔을 뿐이다. 위잉, 하며 랩톱에서 나는 기계음도 여전했다.

"무슨 내용이었는지 기억나?" 고진이가 물었다.

"글쎄. 한 번 더 보면 알게 되겠지."

"한 번으로는 어림도 없을걸. 한 열 번? 그 정도면 몰라도."

고진이는 랩톱을 덮어버린 다음 내게 키스했다. 말랑한 혀가 내 안으로 들어왔다.

잠에서 깨어날 즈음 빗소리를 들었다. 머리 위쪽으로 팔만 뻗어 창문을 열었다. 찬 공기가 들어왔고 소리는 훨씬 커졌다. 난 전신주와 주택가가 내려다보이는 5층 창가에서 향수 냄새가 묻어 있는 베개에 턱을 괴고 엎드린 채로, 오후에도 지금처럼 비가 내리기를 바랐다.

두꺼운 철문을 잡아당겨 소극장 안으로 들어섰을 때, 무대미술과 학부생들이 작업 중이었다. 중앙에서 작업 지시를 내리던 석사과정 친구가 우연히 나를 발견하고는 형 오랜만이에요, 하고 제법 큰 목소리로 인사를 해왔고 나는 우산을 번쩍 들어 마구 흔들어줬다. 그 친구는 바로 좀 전에 창미 누나도 왔었는데, 오늘 여기서 연습 잡혀있나 봐요, 라고 말했다. 그곳에서 얼른 빠져나온 뒤 나는 벽에 걸린 시계부터 봤고, 목적지가 뚜렷하지 않은 걸음걸이로 곳곳에서 연습 중인 타과생들을 피해 지하실 복도를 어슬렁거리듯이 돌아다녔다.

창미가 다리를 쭉 뻗고 한쪽 구석을 차지하고 있었다. 낡은 평상엔 익숙한 표지의 만화책들이 곧 무너져 내릴 듯한 탑처럼 삐죽빼죽 아무렇게나 쌓여있었다.

"젠가라도 했던 건가."

내가 중얼거렸다.

"이제 알겠네. 연극과 조교가 어째서 인기가 있는지 말야. 왜 다들 하고 싶어서 극성을 부리는지."

"문 좀 닫아. 시끄러워."

"이 시간에 이러고 있어도 누가 뭐라고 하는 사람이 없나봐."

"지랄하네."

"고마워. 안 그래도 나한테 대놓고 욕 해주는 사람을 찾고 있었는데."

"미친놈."

이가 잘 들어맞지 않는 과방 문을 억지로 힘을 집어넣어 겨우 닫을 수 있었고, 신발을 벗고 평상에 올라가 창미와 마주보는 쪽 벽에, 곰팡이가 슬지 않은 부분 쪽으로 등을 기댔다.

"몇 권이야?" 하고 내가 물었다.

"41권."

"어떻게 구했어?"

"있던데."

"너 다음 나야."

"너도 멀리는 못 가는구나."

"무슨 소리. 난 갈 데 많아. 한 시간 정도밖에 안 남아서 그렇지."

"산책이라도 하지 그랬니."

"만화책에 빠져서 모르나 본데, 지금 비 오고 있어."

"하필이면 왜 여기냐는 거야. 내 말은."

"누가 할 소리."라고 대꾸한 뒤에 나는 만화책 탑 맨 꼭대기에 올라가 있는 걸로 한 권 집어 들었다.

조금 열어둔 창문으로 빗소리가 들어와 책장 넘기는 소리와 섞였다. 우린 각자의 속도로 손에 들고 있는 만화책을 한 장씩 뒤쪽으로 넘겼다. 내가 한 장을 넘기면 창미가 따라서 한 장을 넘겼고, 어떨 땐 동시에 넘기기도 했다. 한 권을 거의 다 보는 동안, 그 사이에 있었던 대화라곤 내가 짜증을 내며 벽에서 등을 떼버렸을 때 아주 잠깐 동안 나눴던 게 전부였다. "차갑지?" 하며 꽤나 신이 난 표정으로 놀리듯이 물어서 어떻게 그걸 아느냐고 되물었는데, 내가 있는 쪽은 건물 외벽과 직접 맞닿은 것이기 때문에 차가운 거라고, 하지만 자기가 있는 쪽은 겉보기엔 똑같지만 실제론 가벽 같은 거라서 훨씬 낫다는 것이었다.

"지금 가면 딱 돼." 하고 창미가 말했다. 그러곤 하암, 하며 하품인지 기합인지 구분이 힘든 소리를 입으로 냈다.

눈이 마주치자 창미는 가지고 있었던 만화책을 들어보였다.

"줘?"

"됐어."

나와 창미는 평상 끝 부분에 나란히 걸터앉아 신발을 신었다. 요즘도 운동 하느냐고 물었더니 창미는 고개를 저었다. 이제는 취미로라도 아예 도장에 안 나가고 있다는 것이었다. 그럼 왜 아직까지 이 운동화인 거냐고 내가 재차 물었는데, 너무 익숙해지기도 했고, 또 이건 나의 정체성 중에 중요한 일부분인 것 같아서라는 대답을 들었다. 어떤 의미에서 하는 말인지 알 것도 같았기 때문에 더는 묻지 않았다. 창미도, 언젠가 본인이 스스로 말했던 '발차기에 최적합화 된 운동화'를 계속 신는 것에 관해 부연설명 같은 건 해줄 마음이 없는 것 같았다. 과방을 나왔고 건물 밖으로 나와 소극장을 향해 걸었다.

우산을 펼칠 일은 없었다. 하늘은 여전히 비구름으로 가득 차있었지만, 완전히 그친 상태였고, 대신 꽤

긴 시간 동안 비가 내렸던 흔적들과 이럴 때만 맡아
볼 수 있는 냄새가 났다.

"색깔이 더 분명해 진달까. 우리도 영향을 받는 걸 거야."

창미가 말했다. 비가 온 다음에는 많은 게 달라져 있
어, 나도 모르는 사이에, 라고 내가 한 말에 이어서
창미는 그렇게 말했던 것이다.

"대본에 짜놓은 대로 아무리 연습을 했어도, 당일에
비가 온다면 장담하기 힘들어. 무대 위에선 어떤 게
불쑥 튀어나오게 될지 모르니까."

창미가 말했다.

"그러고 보니 그날도 비가 왔었던 거 같아." 하고
내가 말했다.

"우산을 들고 다니진 않았어. 그날은."

"이상하네. 분명히 달랐거든."

"나도 뭔가 다르다는 건 느꼈어."

"그렇다면 아마도 밤중이었을 거야. 모두가 잠든 사
이에 몰래 왔다간 거겠지."

창미가 내 팔을 잡고서 자기 쪽으로 홱 끌어당겼다.

"좀 보고 다녀라."

나는 뒤돌아서 물웅덩이를 보았다.

가는 길에 우리는 미우라 켄타로에 관해서, 그의 스타일에 관해서, 웹툰과 만화책의 차이에 관해서, 최근에 보러 다닌 영화 오디션에 관해서, 학업과 극단 생활과 필모그래피를 쌓아가는 일을 동시에 병행하는 것에 관해서, 각자 속해 있는 극단 분위기와 서로가 알 만한 그곳 사람들의 근황에 관해서, 말하자면 대체로 그런 것들에 관해 얘기를 했다.

너도 뭔가 느꼈을지 모르지 그 노래를 들었다면

말해봐. 왜 하필 베이스 같은 걸 선택한 것인지에 관해서 말야.

왜 하필 그런 질문을 하는지부터 말해줬으면 하는데. 이 시간에 하드 케이스를 바에 비스듬히 걸쳐두고 어깨를 웅크린 채 혼자 우두커니 앉아 하이볼을 홀짝이는 뮤지션에게 던져도 될 법한 질문이라고 생각하니까.

내가 옛날 얘기 하나 해줘도 될까?

여기도 같은 걸로요.

교회를 꾸준히 다니던 때였어.

탄산수는 조금만 넣어주세요.

대학을 다니고 있던 때였지.

네, 얼음은 상관없어요.

혹시 더 할 말이 남았니?

이제 막 끝난 것 같아.

열심히 해서 소그룹 리더를 맡아서 하고 있었을 때였는데, 그때 어떤 여자애가 다가와서 내 바로 옆에 앉더니 교회 식으로 말하면 아주 신실한 표정으로 대뜸 힘을 내라고 말하는 거였어. 나는 영문을 몰라서 어리둥절했던 것 같아. 내가 어떻게 반응했는지는 전혀 기억이 나지 않아. 그냥 하얘졌던 거 같아. 도대체 왜 나한테 갑자기 힘을 내라고 말하는 거지? 내가 뭔가 잘못한 게 있는 건가? 하면서 나는 그대로 일시정지 상태가 되고 말았을 거야. 친분이라면 좀 있어. 한 해 전에는 임원활동을 함께 하기도 했던 사이였으니까 서로에 관해 조금은 알고 있었다고 볼 수도 있겠지. 어쩌면 개인적인 기도 제목을 공유하기도 했겠지. 아무튼 그때 정확히 이런 말이었어. 땡땡 형제님 요즘 힘드시죠? 그 여자애는 자신이 했던 말을 지금쯤은 완전히 잊어버렸을 거야. 누구한테도 똑같은 말을 자주 반복했을 테니까. 하지만 나는 잊어버려지지가 않아. 나에 대해 모든 걸 다 알고 있다는 얼굴이었어. 십 년이 더 지났기 때문에 이젠 잊어버려도 좋을 때가 된 것 같은데, 그때 그 여자애가 했던 한 마디 말과 말투와 표정이 생생한 걸 보면 아직 그러기엔 너무 이른가봐. 경험이라면 그것도 소중한 경험일 텐데, 하여간 그때 그 여자애가 내게 해줬던 말 때문에 절대로 다른 사람에게 그런 말은 함부로 내뱉지 않게 됐어. 꿈속에서라도.

고마운 일이네.

그런 거지.

난 힘내라는 말 따윈 꺼내지도 않았어.

알고 있어. 그러니까 조심하라고. 평생 동안 누군가의 기억에 남는 사람이 될 수도 있을 테니까.

한 잔 더 해.

좀 있다 일해야 돼.

아닐 수도 있어.

그럴 수 있지.

내가 너였으면 애초에 록밴드 같은 건 하려고 들지 않았을 것 같아. 인기가 없으니까. 누가 요즘에 기타를 메고 우르르 몰려다니는 음악 같은 걸 하니. 차라리 랩을 하는 게 낫지. 마니아층이 훨씬 더 두꺼우니까. 아무튼 그래도 한다고 친다면, 일렉트릭 기타를 선택했을 거야. 보컬은 타고난 재능 같은 게 필요하니까 일단 빼놓는다면 말이지. 베이스로는 아무리 잘해도 주인공이 될 수 없어.

주인공이 되고 싶은 거구나.

넌 아냐?

난 아냐.

난 이럴 때 무서워져. 내가 누굴 죽일까봐. 나를 살인자로 만들지 말았으면 해.

거짓말이야. 나도 주인공이 되고 싶어.

이제 와서 후회해도 소용없어. 모두들 널 베이시스트라고 생각하니까. 들러리를 다르게 부르는 말이지. 상당히 고급스럽게.

내 운명은 이미 정해져버린 것이구나.

누굴 탓할 생각 따윈 집어치워. 너의 운명은 네가 선택한 결과 같은 것이니까.

방금 괜찮았어. 가사로 입혀도 좋을 거 같아.

그럼 저작권 절반은 나한테 있는 거야.

우연히 유투의 음악을 들은 적이 있어. 고등학교 1학년 때. 위드 오어 위다웃쥬. 그때 결심했어. 베이스를 칠 거라고. 베이스 기타로 나도 그런 소리를 만들어볼 거라고. 미안, 실은 아냐. 방금 또 거짓말을 해버렸어. 나도 모르게. 솔직히 말해볼게. 난 내가 베이스 기타를 치게 될 운명이란 걸 그 순간에 알았지. 언젠가 내가 죽게 될 거라는 걸 알게 됐었던 것처럼 말야.

보노의 목소리는 안 들렸나 보구나. 아니면 디 에지가 내는 일렉 소리라도.

밴드부 합주실은 학교 지하에 있었어. 그날도 선배들한테 기합을 받았어. 적당히 맞기도 했고. 나 혼자서 뒷정리를 하다말고 그 곡을 들었던 거야. 쿰쿰한 냄새가 밴 창고 같은 데에서 차가운 벽에 등을 기댄 채로 헤드폰을 쓰고 볼륨을 최대로 높였어. 너도 뭔가 느꼈을지 모르지. 그때 거기서 그 노래를 들었다면. 다 너 같진 않아.

그렇긴 하겠지.

그래.

근데 너야말로 이 시간에 웬일이야.

그냥, 하찮은 들러리 좀 구해볼까 해서. 여길 오면 죽치고 앉아있을 거라고 누가 그러더군.

본관 3층 자판기 커피

일반이 사백 원, 고급은 오백 원이었다. 나는 자판기에 다가서서 동전 한 개를 지갑에서 꺼내 투입구에 집어넣었다. 밀크커피 버튼에 손가락을 대고 누르자 딸칵, 하며 종이컵이 장착됐고 곧이어 꽤나 요란할 만큼 기계 돌아가는 소리가 났다. 종이컵 안으로 일정한 세기를 가진 물줄기가 쏟아졌다. 기계음이 완전히 멈춘 뒤에는 하단에 있는 작은 구멍 속으로 검지를 집어넣어 거스름돈부터 챙긴 다음 배출구에서 종이컵을 꺼냈다. 기억이 확실하진 않지만, 아마도 일반이 그때는 이백 원 정도 됐었던 것 같다. 절반보다 살짝 더 많이 커피가 채워진 작은 종이컵을 손에 들고 계단을 이용해 한 층 위로 올라갔다. 중간에 있는 층계참에서 첫 모금을 마셨다.

새로 산 운동화 고무창 밑에서 연신 삑삑 하고 울려대는 소리를 들으며 복도를 따라 걸었다. 그때도 금요일 오후엔 학생들이 거의 남아 있지 않았다. 다들 수업을 마치면 시외버스나 기차를 타고서, 각자의 집으로 돌아갔다. 대학원 행정실이 위치해 있는 지점을 넘어서니 각기 다른 학과사무실이 연달아 나타났다. 일본학과, 중국학과, 러시아학과, 영어영문, 국어국문 순이었다. 열람실은 언제나 그곳들을 전부 지나야 볼 수 있었다. 문과대학이 위치한 본관 4층에 있는 공간이 캠퍼스 곳곳에 흩어져있는 열람실들을 전부 통틀어서 가장 규모가 컸었다. 이쯤이면 거의 다 온 것이라고 스스로 여겼을 때 시야가 사방으로 탁 트였는데, 마치 공터 한가운데에 불쑥 들어서 버리게 된 것 같았다.

그것은 예상하지 못했던 일이었다. 그야말로 뜻밖에 벌어진 일이라는 말밖에는 할 수 없다. 주위를 둘러봤지만 내가 기억하고 있는 그 열람실은 어디에도 보이지 않았다. 대신 파란색 철제사물함으로 둘러싸인 공터 같은 공간을 중심으로 중대형 사이즈의 강의실 세 개와 소강의실 여러 개가 그 자리를 메우고 있었다. 난 그 공터 같은 곳을 백팩을 멘 채로 배회했다. 강의실 출입문 손잡이를 한 번씩 잡아당겨보기도 하며 간간이 커피를 홀짝였다.

도서관 건물로 건너가서 졸업생 일일이용권 같은 걸 신청해서 받았다. 학번이 무엇이었느냐고 묻길래 혹시 이건가요? 하면서 머릿속에 희미하게 떠올라지는 숫자들을 더듬더듬 소리 내 중얼거려봤는데, 데스크톱 모니터에 내 예전 사진이 떠오르는 것이었다. 이해할 순 없지만, 아무튼 그때는 왁스와 스프레이를 사용해서 잔뜩 부풀려서 고정시킨 스타일이었다. 도서 대여는 아홉 시까지라고 안내해준 근로학생에게 밤샘이 가능한 열람실이 아직 공학관 건물 1층에 있는 것이냐고 물어봤다.

24시간 개방하는 열람실은 기념도서관 지하로 이전해 있었다. 난 그곳을 둘러보며, 어디쯤 앉으면 적당하겠다고 미리 속으로 자리를 점찍어둔 뒤에 밖으로 나왔다. 후문 쪽 분식점은 아직도 같은 자리에서 영업 중이었다. 꼬들꼬들하게 해달라고 주문한 라면을 먹은 뒤 후문 주변을 좀 걸었다. 공과대학 쪽 산책로에선 태양이 지고 난 직후의 하늘과 구름을 봤다. 백색의 공학관 건물이 있는 지대가 학교 내 어느 장소보다 하늘에 가까이 있는 건 변함없었다. 시험기간일 때면 본관 3층에 있는 커피자판기에서 밀크커피를 뽑아들고 본관과 의대를 연결한 구름다리를 건너 공학관 부근을 돌아다니며 밤공기를 마시곤 했었다.

자판기가 있는 본관 3층에 내가 도착했을 때 어떤 사람이 그 앞에서 커피를 뽑고 있었다. 남학생이었다. 나는 그쪽으로 다가갔고 네다섯 걸음쯤을 남겨놓은 상태에서 그만 멈춰서버렸다. 생김새가 익숙했다. 뒷모습만으로도 내 앞에 지금 서 있는 남학생이 누군지 알 것 같았다. 얼굴을 본 것은 전혀 아니었지만, 알 수 있었다.

군대를 다녀와서는 거의 졸업할 무렵이 될 때까지 유지했었던 헤어스타일과 염색 컬러, 실밥이 보이도록 바깥으로 밑단을 접은 게스 봄가을용 청바지와 파스텔블루 컬러로 된 컨버스 슈즈 등 시야에 들어오고 있는 것들 중 어느 하나 빼놓을 게 없이 전부 나한테 익숙했다. 오른손목에 전자시계를 차고 있는 것도, 왼손을 들어 올려 버튼을 누르는 것도 똑같았다. 현재의 내 모습과 유일한 차이라곤 도수 높은 안경뿐이었다. 뒤돌아서 나를 쳐다봐주길 내심 기대했지만 그런 일은 일어나지 않았다. 그 남학생은 자판기 배출구에서 커피를 꺼낸 후 테를 만지작거리며 둥근 렌즈가 끼워진 안경을 한 차례 고쳐 쓴 뒤에 계단이 있는 쪽으로 사라졌을 뿐이다. 계단을 밟고 올라가는 소리가 더 이상 들리지 않았다.

커피자판기에 오백 원짜리 동전을 집어넣었다. 버튼을 누르자 동전끼리 부딪치는 소리가 연이어 났는데, 그제야 밀크커피 버튼 하단에 표기된 백오십 원이라는 가격표가 눈에 띄었다. 난 4층으로 갔고, 국어국문학 과실을 지나자마자 열람실 하나가 눈앞에 나타났다. 내가 알고 있는, 그 열람실이었다. 몇 걸음 더 앞으로 내딛었다. 어느새 난 열람실로 통하는 유리문 쪽에 서 있었다.

그 남자애는 두꺼운 전공서를 덮어놓고 그 위에 이마를 반듯하게 댄 채로 칸막이 책상에 엎드려 있었다. 처음엔 불편하지만 한번 익숙해지면 괜찮다. 그렇게 자세를 하고 자면 확실히 머리를 덜 망가뜨릴 수 있다. 한쪽 구석에 자판기용 종이컵이 놓여있었다.

한 여학생이 열람실 안으로 들어와서는 졸고 있는 그 남자애 쪽으로 소심스럽게 다가가 책상에 조용히 캔 커피를 올려놓더니 가방을 열어 포스트잇 메모지를 꺼냈다. 그러고는 짤막하게 몇 자를 적은 뒤 책상 위에 그것을 붙여놓고서 뒤돌아섰다. 그 여자애가 내 바로 앞을 지나칠 적에 나는 지혜야, 하고 이름을 불러보고 싶었다.

그 자리에서 구상을 위해 늘 가지고 다니는 수첩을 펼쳐 아무데나 종이 한 장을 찢었다. 제본 실밥이 함께 좀 뜯겨져버렸지만 아무래도 상관없었다. 현재 마음에 두고 있는 그 여자애는 당장 잊어버리고 비록 또다시 차인다고 하더라도 지혜에게 사귀자는 말을 해봐야 한다는 내용의 글을 단숨에 썼다. 일부러

휘갈겨 쓰려고 했던 건 아니었지만 평소보다 좀더 안 좋았다. 아마도 다른 사람은 못 알아볼 것이다.

나 혼자만 아는 나만의 습관과 아마도 그로 인해 생겨난 내 몸의 비밀스러운 점도 추가로 적어 넣은 후에 미지근해진 커피를 한 손에 들고 본관 건물 밖으로 나와 공학관 쪽으로 걸었다. 산책로에 얼마간 머물다가 불빛이 새어나오고 있는 쪽으로 향했는데, 걸음을 옮길수록 그 불빛이 어딘지 모르게 익숙했다. 층수가 많지 않고 대신 옆으로 매우 기다란, 빨간 벽돌들로 포인트를 준 하얀 페인트가 칠해진 건물 1층 한쪽에는 아주 환하게 불이 들어와 있었다. 모든 전등이 켜져 있는 상태였다.

밖이 잘 내다보이는 창가 쪽 자리를 밤샘 자리로 정했다. 백팩에서 랩톱을 끄집어내어 부팅시킨 후에 워드프로그램으로 작업을 시작했다. 아참, 하고 속으로 중얼대며 백팩 보조주머니 지퍼를 열고서 치즈맛 칼로리바를 꺼내 언제라도 손만 뻗으면 닿을 수 있는 곳에 놔뒀다. 아까 수첩에서 뜯은 낱장이 눈에 띄었다. 그것을 한번 읽어봤고 그 다음엔 완전히 구겨서 단단하게 뭉친 후에 쓰레기통에 집어넣었다.

문득 고개를 들어 벽에 걸린 시계를 보니 1시가 조금 넘어 있었다. 랩톱을 덮고 자리에서 일어나 열람실 밖으로 나왔다. 제자리에 서서 심호흡을 먼저 했다. 공기의 온도와 감촉 같은 것들이 느껴졌다. 공학관과 본관 사이로 난 보도를, 학교를 다니는 동안에 나만의 산책로였던 그 길을, 하늘을 향해 고개를 들고서 아주 천천히 걸었다.

본관 3층에 있는 자판기커피를 오랫동안 그리워했었고, 가능하다면 또다시 그때처럼 열람실에서 밤을 새우며 잠깐 휴식을 취하러 나온 틈을 타서 차분한 밤공기 냄새를 맘껏 맡아보고 싶었다. 밤이 도로 아침이 되는 광경 속에 직접 들어가 있고 싶었다.

계단을 뛰어서 내려오는 걸 봤어

어느 때부턴가 우리 두 사람의 관계를 설명할 적당
한 단어 같은 건 없는 것 같다는 생각을 하게 됐는
데, 사람들이 모인 자리에서 그 애 이름을 입 밖으로
내는 경우가 어쩌다 한번 생기면, 나와 어떻게 되는
지 대수롭지 않게 묻는 누군가를 향해 어떻게 대답하
는 게 좋을지 몰라 매번 고민하는 상태에 빠졌기 때
문이다. 그렇다고 해서 그 누군가라는 사람이 나 혹
은 그 애에게 남다른 관심을 갖는 것은 아니었을 것
이다. 단지 자신이 이해하고 있는 단어들 중에 어떤
것이 우리의 상황에 부합한지, 되도록 말끔한 정리
가 필요했을 것이나. 하여간 그럴 때마다 내 앞에 놓
이게 되는 선택지라는 것은 그리 다양한 편이 못 돼
서 결국은 둘 중에 하나를 선택해야 하는 것이었다.

그 애를 두고서 옛날부터 알았던 사이라고 말하게
된 지는 얼마 되지 않았다. 제법 최근까지도 대답하
길 미룬 채로 그 어느 쪽도 선택하지 않은 적이 많
았다. 못 들은 척 입을 다물고 있으면 사람들은 대개
우리 둘의 관계가 연인이거나 아니면 그렇게 돼가는
과정 중일 것이라고 알아서 생각하는 것 같았다.

"나도 말 안 해. 해봤자 괜히 입만 아픈 거지 뭐."

언젠가 넌 어때? 하고 내가 물었을 때, 그 앤 그렇게 대꾸했었다.

너무 커져서 위협이 되는 정도가 아니라면 자연발생
적으로 생겨나는 오해 같은 건 그냥 내버려두는 수
밖엔 없다. 영화를 찍기 시작한 이후부터는 더더욱
이런 생각을 하게 된다. 특정한 장르를 추구하거나
그런 모양을 비슷하게라도 띠어야지 하며 뭔가를 염
두에 둔 채 이야기를 만들지 않아도 사람들 중엔 내
가 찍은 15분에서 20분짜리 단편영화들을 보고서
이것은 예술영화, 리얼리즘영화, 이것은 리얼리즘적
인 판타지영화, 모더니즘적인 성장영화, 로맨스 성
격을 띤 미스터리영화, 또 이건 무슨 무슨 영화라고
딱 잘라 말한다. 물론 어떤 부분을 가지고서 그렇게
판단을 내렸는지 짐작 정도는 가능하기도 해서, 만
약 직접 대면한 자리에서 그런 대화가 오가면 나는
되도록 미소를 띤 채, 선생님 말씀이 아마 맞을 겁니
다, 라고 하며 일단 고개를 끄덕여 주는 편이다. 개
중엔 도저히 스스로 결론을 내리기 힘들어 영화감독
인 내게 이건 도대체 장르가 무엇이냐고 답답한 나
머지 직접 물어오기도 하는데, 그럴 적엔 딱히 특정
한 장르를 추구하고 있지는 않다는 식의 내용을 가
게 주인이 신발을 찾는 손님들에게 신상품을 안내하
듯이 정중하게 설명하고 있긴 하지만, 그런 정도로

는 궁금증이 조금이라도 해소되지 않는다는 것쯤은 느낌으로 알 수 있다. 그래도 대부분은 아 그렇군요, 하며 예의바르게 행동해주지만 간혹 가다가는 장르가 없다는 게 말이 돼? 하는 표정으로 빤히 쳐다보기도 한다.

난 남들이 뭐라고 부르든 간에, 통행이 활발한 길가를 얼마간 비껴나 한적하고 구석진 곳에서 혼자 담배를 피우는 심정으로 16밀리, 35밀리 카메라나 구형 아이폰으로 이제껏 내가 만들고 싶은 이야기가 담긴 영화를 찍어왔고, 남들에겐 보호함을 넘어서서 이상하게 비춰질 만한 그 애와의 관계를 거의 이십 년 가까이 되도록 지속해왔을 뿐이다. 시간으로 보면, 그 사이에 그 애 집에 처음으로 놀러갔던 날에 나를 향해 엄청나게 짖어댔던 강아지가 노환으로 앞이 거의 보이지 않을 때쯤 죽고, 우리 엄마가 길거리에서 데려와 키우던 온통 까만데 발바닥만 하얗던 것이 인상적이었던 고양이가 낳은 갈색 털을 가진 새끼마저도 나이가 들어 죽었다.

그 애와 내가 친해지게 된 건 우연한 일이었다. 어느 봄에, 점심을 먹고 나서 5교시 체육시간이었는데, 운동장에 나가지 않고 교실에 있다가 하나, 둘,

셋 하고 숫자를 서로에게 들리게끔 센 후에 동시에
손을 뻗어 내가 그 애 가슴을 만지고 그 애는 내 성
기를 만지면서였다. 만일 내가 현관문 앞에 전날 미
리 쇼핑백에 넣어서 챙겨뒀던 체육복을 그대로 들고
왔거나 아니면 그 애가 딱 하루만 생리를 늦게 시작
해서 그 시간에는 몸 컨디션이 안 좋은 편이 아니었
더라면, 그래서 둘 중에 하나라도 체육을 하러 운동
장으로 나가버렸다면 우리 두 사람이 만들어온 세월
과 똑같은 모습을 한 시간은 어디에도 존재하지 않
게 되었을 거라고 믿고 있다.

"만일 내가 이 세상을 다스리는 신이라면 콘돔이라고
하는 것을 개발하는 연구원을 가장 화력이 센 불 위에
올려놓겠어. 콘돔 회사를 다니는 정직원들도 싹 다."

서로의 심장 소리와 숨소리를 들으며 한참을 꼼짝 않
고 끌어안은 상태로 있고 나서 그 애는 그렇게 말했다.

"그럼 파트타임은 괜찮은 것이니?"

"그 정도도 아량을 베풀지 않는다면 폭동이 일어나
고 말 거야."

그 애는 잠깐만 있어봐, 하고서 하얗고 불투명한 액
체가 들어찬 콘돔을 내 몸에서 벗겼다.

"오늘은 꽤 많이 나왔네."

"니가 제일 예뻤을 때를 상상했거든."

"언젠데?"

"중학생 시절. 팬티가 보일랑 말랑한 교복을 입은 채로 바닥에 쪼그려 앉아 쓰레기 분리수거장에서 담배를 피워대며 그 앞을 지나가는 애들을 노려보는 모습."

"너무 그립네."

"계속 말해봐. 좀 전에 콘돔 어쩌고 했던 말."

"반드시 밟고 지나가야만 오르가즘의 절정으로 이를 수 있는 길목에 나락으로 떨어지는 고통을 보이지 않도록 잔뜩 심어놓고서, 가죽 소파에 비스듬히 누워 칠리소스가 뿌려진 옥수수를 빻아 만든 나초칩을 썹으며 누가 덫에 걸려드나 몰래 숨어서 지켜보는 거지."라고 말하며 그 앤 다 마시고 난 빈 맥주캔에 콘돔을 거꾸로 집어 들고 찐득한 정액이 서서히 흘러나오도록 했다.

"하지만 똑똑한 인간들은 그 고통을 피해갈 수 있는 방법을 백방으로 연구했어. 언제까지 순순하게 덫에 걸려들 수는 없다고 판단한 거야. 아무튼 진전이 있었고, 노력은 끝내 결실을 맺었어. 의외로 아주 간단했는데, 코끼리 두 마리가 서로 반대방향으로 걸어가도 끊어지지 않을 만큼 질긴 고무를 이쪽에 덮어씌우면 되는 것이었거든. 특히 입 부분만 제대로 틀어막으면 됐지."

그 애는 힘이 빠져서 말랑말랑해진 성기의 귀두 쪽을 검지로 문질렀다.

"이걸 사용한 사람들도 벌을 받겠구나."

"물론이야. 모두 한통속으로 여길 테니까. 가장 뜨거운 불까진 어쩌면 아닐 수도 있겠지만."

"그래도 봐주긴 하는 거구나."

"세워둘 자리가 마땅하지 않아서 그런 거야. 아무리 지옥이라도 무한하게 넓지는 않아. 천국 같은 데로 강제이주를 시켜야 할 정도로 점점 비좁아지고 있는 형편이라고. 물가도 엄청나게 비싸고. 서울이나 홍콩 같은 도시에 비할 데가 아냐."

"잘 아네. 꼭 그쪽에서 살다온 사람처럼."

마지막 한 방울이 대롱대롱 맺혀서 좀처럼 밑으로 떨어지지 않자, 그 애는 손가락을 그쪽으로 가져가

쓱 훔치더니 내게 아 해봐, 라고 한 뒤에 혀 앞부분
에 그것을 단단히 묻혀주면서 "그쪽 동네에선 이 정
도로 하루를 버텨야 해."라고 말하는 것이었다.

한 달쯤 지나 내가 연락했을 때, 그 앤 자기 자신이
이제 막 연애를 시작한 시점이어서 나를 만날 수 없
다고 말했다. 난 "자동차 회사 다닌다는 애랑 끝난
지 두 달도 안 된 거 아냐?"라고 충분히 티가 나도
록 퉁명스럽게 말하긴 했지만, 그것은 당장에 섹스
를 할 수 없다는 데에서 오는 아쉬움의 표현이었을
뿐이고 끝에 가선 진심으로 잘됐다고 얘기해줬다.
그 애가 너도 어서 시작하라고 말하길래 난 이젠 신
경 쓰는 게 싫어, 챙겨주는 것도 챙김 받는 것도, 이
대로가 너무 좋아, 이 세상에 혼자 여행을 온 기분이
야, 라고 하고서 하여간에 누군지 모를 그 사람과 만
일 언젠가 또 헤어진다면 나한테 곧장 연락하라고
말하고서 전화를 끊었다.

그 애가 누군가와 연애를 해서 지금처럼 얼마동안
떨어져 지내는 동안엔 새삼스럽게 우리의 관계가 확
실히 일반적이진 않다는 생각을 항상 하게 되는데,
그 애 말고는 어느 누구에라도 티브이 리모컨을 한
손에 들고서 이리저리 채널을 돌리며 핸드폰으로 전

화를 걸어 주말에 만나면 할 수 있는 모든 체위를 동원해서 밤새워 섹스를 한 다음 극장에서 조조영화를 보며 가볍게 얼음을 탄 레몬 맥주라도 마시자는 말 같은 걸 자연스럽게 꺼낼 수 없기 때문이다.

토요일 아침에 혼자서 영화를 보러 시내에 나갔고, 현재 상영 중인 작품들 중에 가장 괜찮아 보이는 것으로 티켓을 한 장 끊어서 얼음 컵과 캔 맥주만 달랑 산 다음 극장 안으로 들어갔다. 에이치열 9번 자리에 앉았는데, 그 애와 함께 오면 언제나 그 애가 독차지하는 좌석이었다. 실내는 어두웠고 영화는 따분해서 계속 하품이 나왔다. 차가운 거라도 몸속에 집어넣으면 좀 괜찮아질까 싶어서 맥주를 몇 모금 삼켜봤지만, 그때뿐이었다. 이 정도라면 꾸벅꾸벅 졸며 재밌는 꿈이라도 꾸는 편이 차라리 낫겠다는 생각을 하며 눈을 좀 붙였고, 마음먹은 대로 이내 꿈속으로 들어갈 수 있었다. 난 내가 지금 꿈을 꾸고 있다는 걸 온전하게 자각했다. 그러나 상황이나 문맥은 내 맘대로 움직여주지 않는 것 같았는데, 내 자신은 지하철역에서 누군가를 기다리고 있는 중이었다. 이해를 할 수 없었고, 당연히 영문도 알 수 없었지만, 꿈이니까 그러려니 하는 수밖엔 도리가 없었다.

반년쯤 지나 그 애한테서 연락이 왔고, 그날 우리는 통화를 한 지 두 시간쯤 지나서 바로 만났다. 그동안 못해온 섹스까지 충분하게 한 후에 난 오래전에 영화관에서 꿨던 그 꿈 얘기를 들려줬다. 그 앤 침대 위에서 베개에 한 손을 집어넣고 옆으로 누워 내 얘길 들었다.

"니가 계단을 뛰어서 내려오는 걸 봤어."

"내가? 왜?"

"그건 모르지. 아무튼 무척 빠르게 뛰어내려왔어. 저러다 걸려 넘어지기라도 하면 어쩌나 걱정됐을 만큼."

"급한 일이라도 있었나 보구나. 꿈속의 내 자신 말야."

"맞아, 이제 기억났어. 약속시간에 늦어서였던 거야. 나를 보자마자 많이 기다렸어? 라고 좀 먼 거리였는데도 바로 물었으니까."

"그런가 보네."

그 앤 흐음, 하고 입으로 소리를 냈다.

"근데, 말이 안 돼. 난 약속 같은 거 늦었다고 절대 뛰는 일이 없어."

"잘 알지."

"그래. 그러니까 말이 좀 안 되는 꿈이야. 그 여자가
정말 내가 맞긴 한 거였니?"

못 본 동안 어떻게 지냈는지, 서로에게 그간 있었던
일들을 각자 시간 순서대로 들려줬다. 시시콜콜하고
사소해 보이는 작은 것들도 빼놓지 않고 전부 얘기
했는데, 우리를 웃음 짓게 만드는 요소들은 다 그것
들 안에 숨어있기 때문이다. 그러고 보면 그 애와 난
꽤나 오래전부터 그 점을 알았던 것 같다.

"요즘엔 이거. 조 히사이시가 만든 음악." 하며 난
아예 그 애가 직접 들을 수 있도록 피아노연주곡을
틀어줬다.

"센과 치히로의 행방불명."

그 앤 듣자마자 바로 그 사운드트랙이 삽입돼있는
영화의 제목을 맞췄다.

"아마도 버전이 여러 개가 있나본데, 이건 심플하게
피아노연주만으로 된 거야."

그 애는 따라서 좀 흥얼거렸고, 난 가만히 스피커에서
나오는 원곡의 연주와 그 애의 목소리를 함께 들었다.

시간이 걸리는 일

아주 고급지고 달콤하고 맛있는 샴페인이나 한 병 보내줘. 다 끝냈거든. 무사히 끝냈고, 제때에 완성시켰기 때문에 조금만 더 시간을 달라는 식의 아쉬운 소리 같은 건 하지 않아도 되니, 이제 이 정도는 네게 털어놔도 되겠지. 사실 좀 걱정했어. 몸 컨디션이 좋은 편이 아니었거든. 단 한 번도 이랬던 적은 없었던 것 같아. 가만히 앉아서 한 시간 이상을 집중하기 어려웠으니까. 아마도 그 전에 사적인 어떤 일로 인해 무리를 좀 했던 게 몸과 정신에 영향을 준 탓이었나 봐. 그래서 마감을 지키지 못하면 어쩌나 하고 심하게 걱정했었지.

계획 따윌 세운다고 해도 도중에 거의 지켜지는 경우가 없으니까 상당히 무시하는 편이었는데, 이번엔 완전히 달랐어. 그런 게 없으면 안 될 거라는 확신이 들었던 거야. 언제까지 무엇을 어떻게 해야 한다는 것을 아주 구체적으로 세운 다음에 본격적인 작업에 들어갔어. 질리지 않을 만한 적당한 카페 한 곳을 지정해놓고 거의 매일 빠지지 않고 그곳에 갔던 게 이번 작품을 무사하게 끝내는데 가장 결정적인 기여를 한 것 같아. 석 달 동안, 걸어서 이십오 분 거리인 그곳을 마치 내 개인 작업실인 것처럼 이용했던 거였지. 오전 9시에 문을 여는 곳인데, 시간이 딱 되면 들어가서 커피를 한 잔 시키고서 보스 헤드폰을 쓰고 음악을 들으며 작업했어. 일부러 가사 없이 주로 반주만 있는 것들을 선택했는데, 제일 많이 들었던 건 피아니스트 조 히사이시가 참여해서 만든 지브리 스튜디오 영화음악이었고, 또 우연히 알게 된 엠비언트 음악을 하는 일루비움의 곡들이었어. 특히 일루비움의 커버드 인 라이팅, 해피니스, 돈 겟 애니 클로저는 너무 매력적인 곡들이야. 한 번도 가보지 못한 장소에 발을 들여놓은 것 같은 느낌을 전달해준달까.

이제 이 메일만 다 쓰면, 밤을 새워서 영화를 연속으로 네 편 정도 볼 거야. 세븐일레븐에서 먹을 걸 잔뜩 사놓고서 앉으면 푹 꺼지는 소파에 쿠션을 두 개 겹쳐서 등허리에 대고 말야. 오늘은 좀 취해도 될 거 같아. 운전을 해서 멀리 나가야 할 일도 없을 테니까 도수가 5도 정도 되는 캔 맥주를 500밀리리터짜리로 마셔볼 작정이야. 클라우드나 테라 뭐, 이런 걸로다가. 아니면 도수가 좀 있는 건 340밀리로 그냥 하고, 추가로 하이네켄이나 카스에서 나온 무알콜을 하나 더 사서 마시는 것도 괜찮을 것 같기도 해. 얼음 컵도 따로 하나 사야지. 아무튼 내가 보내자마자 메일을 빨리 열어서 읽어본다 해도 전화 따윈 절대

하지 말았으면 해. 해도 안 받을 거야.

아직 아무것도 정해놓은 건 없지만, 가까운 시일 내에 비행기를 타고 홍콩엘 갈 거야. 만약 그곳에 진짜로 간다면 거의 정확히 삼 년만이야. 도착하자마자 공항철도를 타고 구룡반도 쪽에 내려서 커피 한 잔을 테이크아웃해서 침사추이 거리를 걸을 거고, 호텔에 짐을 푼 다음엔 사이잉푼 뒷골목의 오래된 펍에서 블루걸을 마셔볼 거야. 횡단보도 신호등에서 딱딱딱딱, 하고 요란하게 나는 소리도 너무 그리워. 하지만 내일 같이 그 소리를 아주 가까운 거리에서 들어야 한다면 못 견디겠지. 가령 바로 그 앞에서 딤섬이나 망고 주스를 판다거나 그러면.

그곳에서 한 달 정도 머물면서, 뭐 그보다 짧을 수도 있겠지만, 아무튼 푹 쉬면서 앞으로의 일들을 생각해볼 거야. 앞으로 어떻게 하면 좋을지에 관해. 예전에 너한테 말한 적이 있긴 한데, 내 앞엔 남들에겐 보이지 않는 두 개의 길이 펼쳐져 있어. 그 갈림길 앞에서 꼼짝 않고 오랫동안 한번 누워 있어볼 작정이야. 홍콩은 해변도 많고 날도 따뜻해서 밤새도록 누워있어도 입이 돌아가거나 병에 걸리거나 하진 않겠지. 기껏해야 감기 정도겠지. 하여간 때가 되면 슬

슬 움직여볼 테야. 가능하면 별이 많이 보이는 쪽으로. 아니면 당장은 아무것도 보이지 않는 쪽으로. 그것도 아니라면 일루비움의 음악이 들려오는 쪽으로.

어쩌면 그 두 개의 길이라는 것은 결국은 하나에서 만날지도 모른다고 생각하고 있어. 당장엔, 솔직히 말해서 너무 달라 보이지만. 그러니까 이건 그냥 내 바람이야. 언젠가는 제발 하나의 길로 합쳐지길 말이야. 그렇게 되는 데까진 시간이 얼마나 걸릴지는 전혀 가늠할 수 없어. 틀려도 좋으니 그냥 한번 말해보는 것조차 불가능해. 한 가지 분명한 건, 아마도 시간이 많이 걸릴 거라는 거야.

그때의 난, 시간이 걸리는 일을 선택했어. 그러니 시간이 걸리는 건 당연해.

의미는 같은 말일 텐데, 추신보다는 피에스라는 단어가 무게가 더 가볍게 느껴지는 건 왜일까.

샴페인 있잖아. 코르크 마개 말고 손으로 돌려서 따는 걸로 부탁해.

정선엽

Jeong Sunyeop

서울에 살며 소설을 쓰고 있습니다. 당선되었거나 수
상했던 적 없이 혼자서 활동을 시작했습니다. 원고 작
업을 마치면 디자인을 의뢰하고, 소량으로 인쇄한 책
이 나오면 서점에 메일로 입고를 문의하여 답변 받은
수량만큼 발송하는 방식으로 줄곧 발표해오고 있습니
다. 장편을 주로 쓰지만 단편이나 편당 분량이 매우 적
은 초단편을 작업하기도 합니다.

정선엽 독립작품 활동

▼ 독립출판

카키– 두 개의 꿈에 관하여 (2019), 양 백 마리 (2020), 검은 고양이가 안내하는 세계 (2021), 운석 깨트리기 (2022)

BYEOL BIT DEUL

별빛들은 기존의 방식과 형식으로부터 자유로우며 독립적으로 활동하는 문학 작가들과 협업, 그들의 작품을 대중들에게 소개하는 문학 출판사입니다.

별빛들은 독립적으로 문학활동하는 작가와의 협업을 통해 '문학'과 '출판'과의 관계를 유연하게 만들고 엄격한 기준과 검열의 과정 없이도 탄생되고 있는 작가의 예술적 가치를 소개하여 문학의 다양화, 출판의 민주화를 유발하려 합니다. 나아가 다양한 영역에서 독립된 자아실현이 이루어지는 우리 사회를 응원합니다.

별빛들 작품선

해변의 모래알 같이

초판 1쇄 발행   2023년 6월 22일

지은이   정선엽
펴낸이   이광호
편집   정선엽, 이광호
표지 디자인   김인애
내지 디자인   이광호

펴낸곳   별빛들
출판등록   2016년 8월 10일 제 2016-000022호
전자우편   lgh120@naver.com
홈페이지   www.byeolbitdeul.com

ISBN 979-11-89885-81-6